IMPRESSIONI D'AMERICA

GIUSEPPE GIACOSA

Texte et illustration de couverture : © domaine public
Edition : Culturea (Hérault, 34)
Contact : infos@culturea.fr
Retrouvez notre catalogue sur http://culturea.fr
Imprimé en Allemagne par Books on Demand
Design typographique : Derek Murphy
Layout : Reedsy (https://reedsy.com/)

Dépôt légal : janvier 2023

ISBN : 9791041841837

Al Generale Conte Luigi Palma di Cesnola, Direttore del "Metropolitan Museum of art" di New-York, dedico questo libro, con sentimento di ammirazione, di gratitudine e di affetto.

Giuseppe Giacosa.

CAPITOLO I.

A bordo della Bretagne.

Alle dieci della mattina il grande bastimento si stacca dal Dock e move lentamente rasentando i muraglioni bianchi del porto: scricchiola quasi compresso nella stretta di un ponte girante e procede cauteloso nei bacini senza dar fumo nè fischi, la macchina inerte, tirato a rimorchio da un vaporetto a prua, tenuto a segno da un altro vaporetto a poppa. Nell'ultimo bacino largo e fondo, i rimorchiatori ristanno e si sciolgono: una scossa, un fischio rauco, un colpo di cannone, qualche gridolino di donne impaurite ed eccoci al mare. È una giornata chiara e variabile d'Ottobre; è già piovuto due volte da nuvole fuggenti veloci verso la terra, ma è vento alto che non tocca l'acqua. Il mare lucente, ondeggia largo senza rompersi mai. I passeggieri dato una sguardo di saluto alla malinconica collina dell'Havre, ed un'occhiata interrogatrice al cielo, scendono a prendere possesso delle cabine e ad allogarvi le robe, e per un'ora è un trillare incessante e fastidioso di campanelli elettrici e un correre di su e di giù per le corsie, di camerieri e cameriere chiamati a collocare e fissare le valigie, a dar ragione d'ogni minuto arredo della cabina od anche solamente a mostrarsi, a dire il proprio nome, a pronosticare il tempo e la durata del viaggio. Poi comincia la sfilata all'ufficio del commissario ed a quello del maggiordomo. Al commissario, molti passeggieri consegnano speciali e inutili lettere di raccomandazione; il maggiordomo assegna i posti a tavola e riceve le iscrizioni per il primo od il secondo servizio. La sala da pranzo non ci capirebbe tutti ad un tempo (siamo trecento e nove), si danno dunque due servizi della colazione e due del desinare. La gente navigata preferisce il secondo che è quello del comandante.

La prima campana della colazione ci richiama tutti sul ponte soleggiato. La terra dell'Havre è già bassa ed annebbiata e già vediamo la punta di Cherbourg. I passeggieri si squadrano a vicenda ed argomentano l'uno dell'altro la condizione ed il carattere. Rivedo rasserenati e rabboniti dei visi che avevo notato per crucciosi la sera innanzi a Parigi sul partire del treno transatlantico. Ma chi cerca posto in un treno notturno non mostra la sua faccia abituale: la fretta, l'inquietudine, la diffidenza, l'avversione al prossimo, intorbidano gli sguardi e contraggono i lineamenti.

Quasi tutti i passeggieri sono muniti di un seggiolone pieghevole che si affrettano di collocare al riparo dal vento e dal fumo. A chi non lo possiede di suo ne è offerto uno a nolo, per cinque lire, dalla società dei camerieri. Quei seggioloni e l'innumerevole quantità di scialli, di pellicce, di soprabiti, di libri e d'altri minuti oggetti dell'uso domestico, sparsi per ogni dove, danno all'alto ponte il piacevole aspetto di una terrazza aperta sulle immensità oceaniche.

Innanzi di partire, quando volevo tranquillare quella sorda inquietudine che l'idea di un lungo viaggio sveglia in chi non ne ha fatto mai, mi dicevo che da Milano a New-York sono in sostanza, venti ore di ferrovia, fino all'Havre, ed il soggiorno di una breve settimana in un fastoso albergo galleggiante. Col tempo bello, la vita a bordo, somiglia infatti a quella dei grandi alberghi cosmopoliti di Nizza e di San Remo, se non che vi è più ghiotta e copiosa la tavola, più pronto e puntuale il servizio, più diversa la gente, più rapida la diffusione della cronaca giornaliera. L'attesa della posta è, a bordo, sostituita da quella dell'accertata ora solare e del punto. Quando il muggito della sirena annunzia ai naviganti che il sole è per essi al sommo dell'arco, tutti correggono l'orologio e subito i buoni calcolatori dalla differenza fra l'ora di ieri e quella d'oggi, argomentano la strada fatta, e mettono scommesse che son poi definite sul ripiano della scala, dove il capitano segna con spilli e banderuole infitti nella carta geografica il punto preciso raggiunto sul mezzodì e registra più sotto in cifre il cammino percorso e la distanza che ancora ci separa dall'America. Il primo giorno le 3200 miglia che ancora ci rimanevano a fare, mi parvero un'inezia, ma la cifra andò di poi sempre ingrossando in me, via via che diminuiva sulla carta.

Verso le due pomeridiane, che è l'ora del lunch, poichè in mare si mangia ogni tre ore, il ponte di sopra è festosissimo. Una folla di gente sfaccendata, va, viene, guarda, discorre, legge, si lascia andare al dolce movimento dell'onde e carezzare dalla brezza salata. Passano lontano isole e promontori: sulla bruna scogliera dell'Inghilterra s'ergono campanili raggianti al sole; le coste sembrano avvicinarsi curiose, o retrocedere spaurite, avvivate dalla nostra velocità. Il tempo è bello, ma un inglese osserva che non incontrammo ancora il bastimento partito l'altro sabato da New-York, e che già dovrebbe essere arrivato all'Havre. Qua e là qualche signora sdraiata sul seggiolone ed impellicciata fino al mento tradisce al viso pallido ed agli occhi chiusi le prime svogliatezze del mal di mare. Ma l'immobilità e l'aria viva la ristorano e a poco a poco gli occhi si riaprono e si incarnano le gote. Fra i passeggieri prevalgono, in numero, gli americani reduci alla patria poichè corsero l'Europa la primavera e l'estate. Sono intere famiglie numerose, pompose e rumorose, i giovani e specie le ragazze, socievoli oltre il nostro costume, i fanciulli adorabili per forza briosa e sicura, i padri e le madri imperterriti usurpatori ed accaniti difensori dei migliori posti, incuranti della figliuolanza, finchè questa si allontana o si apparta in compagnie diverse ed improvvisate, festosi e verbosi per rapide e fitte domande ad ogni suo ritorno nella cerchia delle seggiole, dominio famigliare. Giovani e vecchi, gli uomini pipano di continuo un tabacco che sa di camomilla, e le donne croccano o succhiano confetti.

Mi trattengo a lungo con un giovane prete americano, vestito in abito secolare s'intende, giudizioso e colto conoscitore dell'Italia e del nostro movimento letterario. Da sei anni professore in Roma al collegio De propaganda fide, egli parla spedito e corretto l'italiano con schietto accento romano. Sa a memoria tutte le odi barbare del Carducci, mi recita con foga giovanile alcuni squarci delle Fonti del Clitummo:

«Tutto ora tace, nel sereno gorgo,»

esalta il Fogazzaro, ammira il Bonghi, stima che Michetti sia il maggior pittore oggi vivente. Si reca in America per non so quale missione, ma sarà di ritorno a Roma fra due mesi.

- Roma è la mia terra, mi dice.
- E l'America?
- Ho detto: terra. L'America è la mia patria. Sono americano anche in Roma. E dopo una pausa, sorridendo con intenzione: - specialmente a Roma.

Due volte interrompe la conversazione per accorrere ai richiami di una vecchia monaca che egli segue con signorile deferenza. Viaggiano con noi dodici suore Clarisse, argomento di irriverenti motteggi a due artisti di canto «du Théâtre de l'Opéra» come appresi di poi dal manifestino di un concerto che diedero l'ultimo giorno del viaggio.

Ci si avvicina ed intavola discorso un giovane signore, più inglese all'aspetto e al vestire, che nessun inglese della vecchia Inghilterra. È un parigino il quale viaggia per vini francesi di Bordeaux e di Champagne e per un certo suo Cognac che in fin di colazione l'avevo visto mescere allegramente a' suoi vicini di tavola. Allegramente s'intende della quantità, perchè egli non si diparte da una correttezza condiscendente ma piena di sussiego. Abborda, primo, la gente, ma coll'aria un po' stupida e seccata di chi risponda per cortesia ad una domanda importuna. Questa è la sua undecima traversata: egli conosce tutti i punti delle coste ed al largo, tutte le profondità oceaniche. A contrappeso dell'orologio, porta un barometro aneroide; verificato dall'osservatorio di Parigi. Il tempo è al Beau fixe. Peccato! Una burrasca a bordo dei vapori francesi è così divertente! Ha, ben inteso, il passo marino e possiede un ricchissimo assortimento di berretti marini per tutte le variazioni, anzi per tutte le gradazioni del tempo. È legittimo proprietario di due seggioloni ad X, uno di cuoio, l'altro di tela, col suo nome «Roger» trapunto in cuoio sull'uno, in seta sull'altro:

- L'illustre Gandissart, mi mormora il prete.

Una bellissima signorina, bella oltre ogni imagine di bellezza, a cui due more composero un lettuccio all'ombra di un canotto sospeso, guarda il mare con fissità vogliosa, sdegnosa dei viventi. Viaggia sola colla scorta delle due more che non la lasciano mai, sempre ritte ai piedi del lettuccio. Quando accenna, ma è cenno visibile ad esse soltanto, le more si curvano su di lei a raccogliere le «sorrise parolette brevi» che le escono dalle labbra semichiuse e ferme. È vestita di lana bianca, ma la veste non appare se non quando muove per scendere alla cabina: una cabina di lusso, col salottino dove essa desina sola. Finchè dura sul lettuccio è tutta coperta da una immensa pelliccia di astracan nero, lucente, che le more le rincalzano sotto i piedi. Non è malata, ha colori vivi e sani, il suo profondo languore non è che un attributo della sua bellezza.

Il Gandissart la vede, l'ammira, non osa parlarle, ma corre al commissario per informazioni che, ad onore del commissario, riporta assai scarse: È la più bella persona di Messico.

Abbiamo a bordo un'altra bellissima persona: un'ebrea di Boston, ma grata questa al Dio d'Israele degli stupendi occhi avutine in sorte, ne fa il migliore uso che per lei si possa, gratificandone il prossimo. Instancabile camminatrice, va e viene di continuo da un capo all'altro del bastimento, tirandosi dietro ora questo, ora quello ora parecchi, degli immancabili accompagnatori. Suo padre, seduto presso il castello di mezzo, la segue cogli occhi pieni di riconoscente ammirazione. Quando essa gli s'avvicina, per rifornirsi di confetti, egli l'accoglie con un How pretty you are darling ! esclamato ad alta voce, con un accento che l'età sola rende paterno. Dicono che egli abbia fatto tesori trafficando nella Cina. Gli attribuiscono dieci milioni di dollari, ed ha quell'unica figliuola. Due giovani cubani bruni e fieri come gli eroi per canto e piano, fanno intorno alla ragazza una gelosa corte d'onore.

Verso le dieci di sera, lontano a destra, nell'ombra nebbiosa, quasi a fior d'acqua, rosseggia il faro dell'isola Scilly, ultima terra d'Europa. La Bretagne ne saluta il semaforo, ma il comandante che discorre con me presso il suo casotto, il ponte è quasi deserto, cerca innanzi a noi nel gran gorgo, un'altra luce, che gli segnali La Champagne partita, or fanno otto giorni, da New-York.

- Eccola. Aspettatemi qui; vado a scambiar due parole col mio collega e ritorno.

Dal punto in cui mi trovo non posso leggere le parole luminose che si partono dalla nostra nave, ma noto le stelle mobili e diverse accese da lungi sulla invisibile giungente. Che dicono quei raggi alterni? Quelle voci silenziose balenate nella notte inducono nell'animo l'aspettazione inquieta di cose arcane. Così parlano negli spazî, i mondi. - Non si giudica che esse possano trasmettere notizie concrete traducibili in linguaggio concreto, ma piuttosto oroscopi augurali e sibillini ammonimenti.

E l'oroscopo venne:

- La Champagne segnala che si lascia dietro un grosso fortunale, mi dice al ritorno il comandante.

- Un ciclone? domando io, sedotto dalla grossa parola, e curioso di leggergli in viso il peggio.

- Oramai li chiamano tutti così e il nome non importa; ma quale sia per essere il tempo, tutto si riduce ad arrivare dieci ore prima o dieci ore dopo. Noi non temiamo che le nebbie, anzi col nostro peso e la nostra velocità non temiamo nemmeno quelle.

E poi venne il concreto ammonimento.

- Poichè non avete sentito la maretta di stassera, mettetevi in letto subito e fate di dormire. Se il ballo vi coglie nel sonno, è probabile che lo stomaco s'avvezzi ai sobbalzi e non vi dia noia domani.

L'indomani a giorno, mi svegliarono la mia cappelliera, la valigia a mano ed un salvagente di sughero staccatosi dal gancio, che menavano insieme, ruzzolando per la cabina, un trescone indiavolato. Nell'andito accanto, rintronavano dei colpi d'ariete che pareva volessero sfondar le pareti. Erano grossi valigioni che slittavano ad ogni rullata. Balzo dalla cuccetta, dò di capo nel soffitto, aspiro un acuto odore d'acqua di Colonia (la boccia era caduta dalla tavoletta ed il liquido s'era tutto sparso), e mi vesto come posso. Ci siamo. Tuttavia mi reggo e non ho mal di capo, e come la campana chiama all'asciolvere, m'avvio brancolando per gli anditi verso la sala da pranzo, risoluto di mettermi alla prova. Ma una prima sorsata di the, avversa e minacciosa, mi rivolge in fretta alla cabina.

- Monsieur, manges une pomme - mi suggerisce una pietosa cameriera, e mi porge una grossa mela carnosa che addento e mi ristora sull'attimo, onde ne registro qui la virtù sanatrice.

Fu la burrasca equinoziale. Per cinque giorni, le grosse serrate di ferro ci imprigionarono sotto coperta. Per cinque giorni i trecento e nove commensali, si ridussero prima a quattordici, poi ad undici soli, compresi il comandante, il commissario ed il dottore. Per cinque giorni e cinque notti, dovetti disertare la mia cabina, tanta ridda vi facevano tutti gli oggetti sciolti e tanto dai sottili trammezzi di legno, risonavano i patimenti e i lagni dei malati. In tutto quello spazio di tempo, non venni mai a capo di vedere il campo disteso delle acque furenti. Gli occhi rotondi del salone a seconda del rullìo, ora si appuntavano al cielo oltre il limite dell'orizzonte, ed ora sprofondavano entro vortici verdastri. Della burrasca vidi soltanto e ricordo l'altezza iperbolica dei frangenti vicini, la lucentezza brunita dei valloni e certe ironiche lascivie dei fiocchetti di schiuma che orlano il sommo delle onde. Queste mi attraevano con malìa irresistibile: stavo delle ore, la fronte appoggiata al vetro, affascinato dalle loro grazie diaboliche. Si affacciavano sui dorsi rompenti quasi a misurare l'ampiezza del solco, si gettavano a capofitto, scivolavano, sprofondavano, risorgevano, saltellanti come libellule, sulla cresta degli opposti marosi, sembravano frenetici di gioia a tanto spettacolo di furore e di morte. A volte mi pareva di sentirli ridere.

Splendeva un sole invernale, nella dubbia serenità del cielo nordico, ma d'ogni intorno all'orizzonte era una corona di nebbie basse rasenti il mare. Quella cerchia nembosa passava di continuo nei vetri, ora salendo, ora scendendo, a ritmici intervalli. Di quando in quando mi giungevano all'orecchio come un'eco remota ed indistinta certi ritornelli di canzoni napoletane che mi parevano sorgere dagli abissi. Erano emigranti italiani che pigiati a poppa ingannavano col canto gli ozî ed il terrore della traversata. Tra i fischi, gli urli, le cannonate ed i muggiti della tempesta e tra il sinistro scricchiolare della nave, quei ritmi domestici dileguanti in cantilene lamentose, mi traevano l'animo già eccitato dalle apprensioni invano represse e derise e dalla invincibile insonnia, ad un intenerimento pieno di dolci e pungenti immagini famigliari. Giungevano nel gran salone della prima classe, lungo i fianchi della nave, o attraverso gli usci, i tramezzi, le serate d'ogni sorta, così rotti e fiochi, che sulle prime li credetti un inganno tormentoso della mente insonnita.

La notte le lampade elettriche rendevano a volte un subito fulgore abbacinante, segno che l'elica, emersa dalle acque, non consumava la sua tangente di forza, ond'era accresciuta la loro. Quando l'elica si rituffava, le lampade tornando al chiarore normale, sembravano battere le palpebre e venir meno. Quanto fastidio in quei getti di luce smodata, come di lampi fissi e come sembravano eterni i visibili minuti che l'elica, l'anima della nave, mulinava nell'aria!

- Uno, due, tre... otto, dieci, e non scende ancora. Come può durare così a lungo sospesa? Oramai certo la prua si è tutta immersa nell'acque e s'avventa nel profondo verso l'abisso.

La mattina al primo chiarire correvo alla doccia a scotermi le fibre intorpidite, ma per quanto essa facesse del suo meglio ed io del mio meglio la secondassi, a mala pena mi riusciva di azzeccare qualche spruzzo disperso, tanto il rullìo ed il beccheggio inclinavano la colonna dell'acqua ad opposti versi. Poi convenivamo i pochi validi, nella bottega del barbiere, possessore di un barometro compiacente, fervente spiritista, uomo ricco d'inventive e credulo anche a se stesso, il quale ci raccontava cupo, innumerevoli casi di telepatia.

Tra i validi erano il prete americano ed un brioso ed amabile avvocato di Torino, mandato console d'Italia alla Nuova Orléans. Non c'era il Gaudissart, che dal primo mareggiare non fu più visto. Che avrà detto il suo aneroide verificato all'Osservatorio di Parigi? Peccato! Una burrasca, a bordo dei vapori francesi è così divertente! Tuttavia dopo ogni pasto lo Steward ci mesceva, di suo ordine, un bicchierino del suo eccellente cognac, che sorbivamo, ridendo, alla sua salute.

Nessuna signora a tavola. La bella messicana fece però ogni mattina una breve apparizione sulla galleria che fascia alto in giro la sala da pranzo dove stanno il pianoforte, i libri ed i giornali illustrati. Ogni mattina essa portava alla cintura un ciuffo di freschi ciclamini. Il giorno dell'arrivo, la vidi gettare in mare il vaso sfiorito.

Un'altra signora, alta, magra, pallida ed energica, irruppe un giorno dopo la colazione nella sala da pranzo e s'avventò ad un tavolino dove sedeva un grosso uomo sulla cinquantina, che noi chiamavamo, non so perchè, o forse lo era davvero: il giudice di Chicago. Le si piantò davanti ritta e fremente e prese ad apostrofarlo, con un getto serrato di parole sibilanti che nessuno, neppur egli forse, comprese. Aveva la voce roca e fioca del mal di gola. Ne disse un profluvio, fino a che, esausta, lui sempre muto ed immobile, si ritrasse come era venuta. Il giudice non aveva battuto palpebra, nè dato prima nè poi nessun segno di rammarico o di noia. Sapemmo di poi dal commissario che essa era la moglie di quell'apatico, da tre giorni malata e malate pure le due figliuole. E da tre giorni e tre notti, egli non aveva più messo piede nella cabina. Le poverette se n'erano lagnate col dottore che gli aveva girato le lagnanze, l'avevano mandato a chiamare pel cameriere, ma senza frutto. Il bello si è che gli ultimi due giorni, quetata la tempesta, come le donne furono sul ponte all'aperto, egli si mostrava loro premuroso ed affettuosissimo. Un barometro di tenerezza.

Il comandante passò quarantotto ore filate sulla passerella: non ne scendeva che all'ora dei pasti cui si presentava lindo ed attillato come ad un ballo, mentre il primo giorno a tempo bello e colle tavole affollate era venuto in abito dimesso. Era un uomo semplice, punto mondano. Noi commensali, tutti uomini, che avevamo smesso oramai di mutar d'abito pel desinare a scanso di fatica e di sforzi d'equilibrio, gli domandammo un giorno la ragione di quella intempestiva eleganza.

- Non lo faccio per voi, signori, ma per gli assenti. Ci sono molti più malati di paura che di mal di mare. Non avete osservato quando ci mettiamo a tavola, il trillare fastidioso di tanti campanelli? Sono passeggieri che chiamano le persone di servizio per mandarle a spiare l'aspetto del comandante. E come lo sanno ravviato e pulito, si acquietano, sicuri che per un'ora almeno non si colerà a picco.

I due artisti di canto «du Théâtre de l'Opéra» erano anch'essi sani e disposti. La prima giornata di viaggio, avevano motteggiato di continuo, con molta sudiceria, sulle dodici monache. Nel pieno della burrasca, come uno di essi fece per tornare ridendo sullo stesso discorso, l'altro lo riprese serio serio:

- Tais toi. Ce sont ces saintes files, avec leurs prières qui nous protègent.

Mezz'ora dopo, il motteggiatore canterellava seduto al pianoforte (ci passava le giornate lo scellerato), certe sue canzonette. A un colpo di mare, lo sgabello a vite si spezzò di netto e lo sbattè la testa prima contro lo spigolo di una tavola, troppo salda quella. L'urto fu tale che rimase privo di sensi. Lo sollevammo grondante sangue da una larga ferita tra i capelli. Mentre lo reggeva accompagnandolo nella stanza del medico, il compagno, gli andava ripicchiando, con un comico cruccio: Tu vois! Tu vois! Tu vois! Così fra piccoli e diversi episodi, dalla mattina alla sera tanto tanto ci si arrivava. Ma la notte! Mi par di sentire ancora in un remoto ronzìo il giudice di Chicago, seduto ad un tavolino con due amici, versare senza posa, con voce bassa e nasale, lenti fiumi di parole. Egli parlava bevendo, quelli bevendo tacendo, e via via, tra i brevi miei sonni, tra i boati dell'onde e del vento, tra lo sconquasso della nave occhiuta e raggiante sul convulso mar tenebroso, la voce inestinguibile dilagava in nota continua di contrabbasso. Che poteva egli dire, ogni notte, tutta la notte, con sì stagnata uniformità di accenti? Quale oscura serie di misfatti andava confessando ai compagni allibiti?

Il venerdì, presso il banco di Terranova, la burrasca quietò alquanto. Era ancora mare rotto e perverso, ma ci furono dischiuse le uscite al ponte scoperto che s'andò in breve ripopolando di gente ancora sbattuta dai lunghi patimenti. Rivedemmo la bella ebrea, i due cubani e sul tardi, Gaudissart. Il commissario indicandomi lontano sull'acque alcuni punti neri, che sembravano canotti rovesciati, me li dà per balene. Credo per atto di fede. Passa in vista e s'avvicina, un gran bastimento diretto in Europa. È una festa grande di saluti e di grida.

Sono involontario spettatore di una scenetta patetica.

Il ponte scoperto è spartito in due grandi corsie lungo i fianchi della nave, fra le quali sorge il castello di mezzo, che copre lo spazio dato alle macchine, le due boccaporte e le scale della prima classe. Per passare d'una corsìa all'altra bisogna girare il castello verso prua, od attraversarlo per un andito stretto che lo taglia ai due terzi della sua lunghezza verso poppa. Quivi pende alla parete il barilotto che protegge una miccia accesa a comodo dei fumatori ai quali è severamente interdetto di accendere fiammiferi. Ma le macchine vi spandono un tale insopportabile fetore d'olio bruciato, che pochi ci passano ed alla interdizione non pensa nessuno.

Ora, verso le quattro di sera, non potendo io al vento accendere la pipa, mi sovvenni della miccia ed infilai l'andito. Uno dei cubani stava in un canto piangendo come un fanciullo, di quel pianto a lungo rattenuto che rompe il petto e che versato da persona vigorosa fa strazio a vedere, mentre la bella ebrea, ritta presso di lui gli andava asciugando le lagrime in atto di pietà calmante e nulla concedente. Mi ritrassi tosto, seccato. La sera, si dava nel salone il trattenimento solito ad ogni traversata a beneficio delle vedove e degli orfani dei marinai. Vi cantarono, i due artisti dell'Opéra (uno aveva la testa fasciata), e la bella ebrea vi recitò a meraviglia un monologo inglese pieno di reticenze maliziose, e cantò due canzonette francesi, a imitazione della Judic. Il cubano era tra gli spettatori, domato, ma non plaudente. Quando mi vide, mi lanciò un'occhiata feroce.

Il sabato mattina ci si fa incontro il pilota, che porta segnato sull'ampia vela triangolare un vistoso numero, argomento di vistose scommesse. Voli di passeri innondano con domestica sicurezza la nave. A sera emerge dell'acque, bruna contro il sole cadente, la terra d'America. Sbarcheremo domattina.

La prima cura di chi scende a terra dopo una lunga traversata è di precipitarsi al boteghino del telegrafo, piantato apposta sullo scalo, onde dare ai cari lontani la notizia dell'arrivo. E quanto più fu cattivo il viaggio tanto è maggiore in tutti la smania di annunziarlo compiuto. Già dal primo rallentare della nave, io m'ero appostato sul passo dell'uscita per potermi precipitare allo sportello telegrafico innanzi che urgesse la folla. Tenevo colle due mani i due capi della ringhiera. La nave era già ferma e ci stava ai piedi sulla banchina una gran gente in attesa. Correvano dalla tolda a terra, parole e grida di riconoscimento e di saluto. Ed ecco che mi viene accanto una bellissima fanciulla sui vent'anni, fresca, rosea, trepidante, la quale non si ristava dal chiamare per nome e dal salutare colle mani un giovane signore che le rispondeva dal basso. Quando mi vide piantato come un termine, essa mi disse in francese, ma coll'accento americano:

- Oh signore, quanto vorrei essere la prima a discendere!

E la sentivo ridere in gola per l'emozione ed il piacere frenati.

- Oh signore, che gioia per me se potessi essere la prima a discendere!

- Lo sarete, signorina, ve lo prometto.

Mi lesse negli occhi un sospetto, e mi disse con grazia accorta:

- È mio fratello, signore, che non vedo da tre anni. Torno sola d'Europa.

E tremava tutta dall'impazienza. Poi si trattenne discreta:

- Ma forse voi pure:

- No, nessuno mi aspetta, signorina; mi sono appostato per correre presto al telegrafo.

Essa allora pronta e ridente:

- Ebbene, faremo così: voi mi darete il braccio e scenderemo insieme.

E così avvenne ch'io posi primamente il piede sulla terra d'America dando il braccio ad una bella e giovane fanciulla americana che non avevo veduto mai, che non sapevo chi fosse, che scivolò via appena tocca la terra, che non vidi e non vedrò certo mai più, ma la cui compagnia di un minuto, mi parve gentilmente salutevole e di ottimo augurio.

CAPITOLO II

New-York.

New-York, a chi vi giunga d'Europa, si palesa intera al suo primo apparire. Si palesa, non si mostra. L'occhio ne vede una minuscola parte, la mente vi riconosce i segni espressivi dei suoi caratteri. Nessun'altra città forse, è così di subito parlante allo spirito e così sincera. Le belle città digradanti al mare in anfiteatro, dicono di sè il meglio e nascondono le brutture; si sporgono in veduta pittorica mostrando più le cose che le genti e la vita. In New-York, le cose, la gente e la vita vi scolpiscono insieme di maniera che non potete disgiungere una nozione dall'altra. Al più si può dire che primeggi a misura di tempo l'azione. La gran città agisce prima di mostrarsi. Innanzi che appaiano le coste ed i fari della terra americana, dieci, dodici ore prima dell'arrivo vi si fanno incontro le alte vele triangolari dei piloti che scorrazzano al largo in traccia di navi giungenti. Presso i porti europei i piloti s'incontrano là dove ne occorre l'aiuto. Gli Americani fanno di questo servizio uno sport nautico che tradisce la loro temeraria attività e l'indole avventurosa. Spingono i loro legni a lontananze in quei mari e in quelle nebbie pericolosissime. Sono esili cutter, tutti ala, che meriterebbero l'antico nome di saettie, e sembrano briachi di velocità tanto rullano alla spinta della vela eccessiva. Come il locatiere abborda un vapore transatlantico, vi porta fasci di gazzette americane che i passeggieri sciolgono, leggono in crocchio, si scambiano a vicenda con avidità di affamati . Così è anticipata ai naviganti la cronaca del mondo e giungono a molti fortunati le notizie domestiche, mandate per telegrafo ad un prefisso giornale e da questo stampate in apposita rubrica: accortezza industriale che inumidisce molti occhi e illumina molti visi.

Appena imboccato il largo braccio di mare che separa lo Staten Island dalla punta di Hamiltonville comincia la vita di New-York. Di New-York, perchè la città imperiale non ostante la disputata autonomia dei luoghi finitimi, nel concetto degli Europei, incorpora in sè tutti i centri popolosi che la circondano. In realtà le navi, prima di giungere alla vera metropoli, costeggiano quattro città diverse, due delle quali, se non fosse la sua formidabile vicinanza, conterebbero fra le maggiori del mondo: New-Brighton, Bayonne, New-Jersey e Brooklyn. Ma se le rive, i colli e le fabbriche prendono diversi nomi e si spartiscono in più municipi, anzi in più Stati, la vita che scorre e si diffonde sulle acque trae dalla sola New-York quella varietà di caratteri onde l'estuario dell'Hudson è vantato fra i punti più interessanti e pittoreschi della terra. Quelle minori città non mostrano che scali e depositi, non mettono in mare e non ricevono che informi e pesanti navi carbonifere, non mandano altro suono che stridori di argani e di grue e quell'orribile ininterrotto stridore ferreo che fa vibrare i precordi. New-York aggiunge a questi attributi della operosità commerciale e meccanica, i segni di una attività varia, più signorile, vorrei dire più umana: elementi di vita intellettuale, d'arte, d'eleganza, di piacere. Essa alterna al gran lavoro delle navi partenti e giungenti, la vispa gaiezza di mille yachts a vela ed a vapore, nitidi, rilucenti, i quali mettono fra quelle note basse, acuti fischi in nota di ottavino e strilli di risate e gridolini di donne deliziosamente spaurite. Innanzi che appaia la punta della sua penisola essa pianta in mare, a faro, la statua della libertà; vi parla con un simbolo, vi saluta con una opera d'arte. Il primo lembo della sua terra è un giardino: gli edifici che più attirano i vostri sguardi quando la nave che vi porta è ancora in pieno moto, appartengono ai suoi giornali cosmopoliti: sono la cupola dorata e la specola astronomica del World e la guglia della Tribune. È bello al sole e nell'aria pulita di giorni sereni e festivi, più bello fra le nebbie ed il fumo delle giornate feriali, più alto delle più eccelse alberature, aereo telaio dove vanno e vengono di continuo come spole lunghissimi treni ferroviari e carri e vetture d'ogni maniera ed un popolo di pedoni, campeggia, scavalcando un braccio di mare e legando insieme due città e due Stati quello stupendo ponte di Brooklyn che è, credo, la più fantasiosa delle opere utili e la più artistica delle opere meccaniche compiute dall'uomo.

La baia di New-York offre uno spettacolo incomparabile. Non c'è sulla terra un'altra distesa di acque, così interamente circondata di fabbriche, così risonante ed echeggiante da ogni parte ad ogni parte, così piena di vita, così diversa negli aspetti e nei movimenti, così immaginosa, così potente motrice del pensiero. La sua smisurata grandezza è cagione di impressioni diversissime ed estreme. Quel mondo vi sta addosso e si perde negli orizzonti. Mentre le cose vicine svegliano ed appagano mille curiosità specifiche, le remote vi invogliano ad ozi contemplativi. Fino dove l'occhio giunge, da ogni lato, nello spessore delle città litorali, sopra l'immenso corso dell'Hudson, su pel braccio di mare della East River, è uno accavallarsi di giganteschi edifizî che rappresentano nelle nebbiose lontananze un vario ondeggiare di colli digradanti al mare. Quelle moli hanno di lontano la gravità riposata delle cose eterne e sembrano sorte col suolo. Io non vidi mai in altri luoghi l'opera dell'uomo, sola, scompagnata da ogni elemento naturale, naturalizzarsi così interamente e darmi un così pieno inganno di paesaggio. A ciò concorre un cielo mobilissimo che si rabbuia e chiarisce d'un colpo. Le conche alpine, esposte ai più mutabili venti, non hanno così subite vicende di torbo e di sereno. New-York è l'estremo punto continentale sottoposto alle grandi correnti che si dipartono dello stretto di Bering e per l'Alaska ed il Canadà e sopra un corso dell'Hudson, portano i cicloni all'Atlantico, che li sbattono di poi sulle coste occidentali d'Europa. L'America ci manda i suoi uragani e noi non le rendiamo la pariglia. I naviganti dicono che i fortunali dell'Atlantico contrastano sempre l'andata agli Stati Uniti e secondano il ritorno in Europa. Così gli elementi aiutano la gelosa politica americana che volge ora anche contro di noi la diffidenza rivolta dianzi contro i soli Cinesi. Ma le procelle sorvolano a New-York in turbini senza pioggia o vi rompono in fuggenti rovesci. Quella plaga è nota per una siccità atmosferica alla quale i fisici attribuiscono una speciale tensione elettrica che avvertono anche gli abitanti. Forse, la infrequenza delle pioggie, lasciando permanere nell'aria tanti polviscoli diversi, è cagione della straordinaria ricchezza di quei tramonti. I tramonti di New-York sono davvero meravigliosi. Il nostro arrubinarsi del cielo invernale dietro la trama degli alberi stecchiti non può rendere che una tenue immagine della smagliante intensità di quei colori. Quando il sole cadente batte sui pennacchi fumosi degli innumerevoli camini, è uno sventolare magico di gioielli diffusi. Per darne un'idea bisogna ricorrere ad un linguaggio che pare eccessivo. La città industriosa manda zampilli aerei di rubini, di smeraldi, di ametiste, di zaffiri, di topazi stemperati in vapori. Vi si potrebbe riconoscere un simbolo della fastosità americana se quella gloria crepuscolare non fosse troppo effimera e se della grandigia miliardaria non apparissero segni più positivi in ogni punto della città.

In ogni punto, fuorchè sul primo entrarvi, chi vi giunge d'Europa. I viaggiatori, ancora pieni gli occhi e la mente delle belle vedute dell'estuario, guardano delusi le informi, nude e mal costrutte tettoie che li accolgono allo sbarcare e li imprigionano in balia di odiosissimi doganieri. Nulla che attenui il disagio dell'arrivo ed agevoli le cure per lo scarico e la visita dei bagagli. L'ufficio telegrafico è una garetta con un solo sportello ed un solo commesso, il quale, benchè addetto ad un servizio internazionale per eccellenza, non mastica altra lingua fuori del suo inglese arrotondato e mastica male anche quella tanto è parco di parole e ringhioso. E parlo degli scali maggiori riservati ai passeggieri della prima e della seconda classe, perchè gli emigranti della terza sono condotti ad uno speciale deposito dove stanno gli uffici per la verifica delle loro carte e la loro ammissione nello stato americano.

Tutti i quartieri al mare, hanno in New-York un aspetto di degradazione incurabile. Mentre Chicago lavora e come può si adorna in ogni sua parte, New-York non si abbellisce se non dove può godere con agio. I quartieri bassi, dati ai più grossi traffici e più macchinosi, sono oscuri, sudici, mal selciate le vie, male aereate le case, angusti e malsani, degni in tutto della più tardiva fra le nostre cittaduzze di provincia. Si sa che il gran lavoro è brutale e poco meticoloso, ma alle sue inevitabili deturpazioni, non soccorrono quanto potrebbero i provvedimenti edilizî, tutti intenti a lavare, a lustrare, a infiorare l'alta città.

A primo aspetto quella ineguale distribuzione di cure, sa di spietato egoismo e sembra stridere nel concerto degli ordinamenti democratici; ma si noti che in quella parte della città non dorme quasi nessuno. I più ci vanno per affari e ne emigrano a lavoro compiuto verso le quattro pomeridiane. Bisogna vedere i treni che giungono la mattina e quelli che ne partono la sera: uno in coda all'altro, e sono cinque o sei linee diverse, e tutti riboccanti di gente. Nelle ore crepuscolari quelle vie sembrano pestifere: a notte prendono un aspetto fra il delittuoso ed il fatato. Nelle strade mal rischiarate, le finestre delle case deserte e silenziose, spandono luce dai vetri o sprizzano raggi dagli spiragli delle chiuse imposte. Durano così illuminate all'interno fino a giorno, per misura di sicurezza. Ogni banca, ogni fondaco ha il suo guardiano che passeggia quanto è lunga la notte su e giù per le stanze. A volte, dalla via si sentono i loro passi lenti e gravi come di persone crucciose e quel raggiare di case morte, e la veglia di quei solitari fa un senso di tristezza inquieta.

Dimora bensì, in certe strade di quei quartieri, la feccia della popolazione di New-York, un misto composto di tutte le miserie e di tutte le abbiezioni della terra; ma quelli non darebbero un soldo per la nettezza, non dico l'eleganza, delle vie e delle case. E non lo darebbero per più ragioni: perchè non ce l'hanno e perchè il pulito cesserebbe di esser tale al loro contatto. Prima che i luoghi, bisognerebbe nettare la gente e farla ordinata e prospera. Queste cose c'è chi le dice anche in America, ma gli americani, da qualche spirito filantropico in fuori, ci credono meno e ne ridono più di noi. Dove un solo Cornelio Vanderbilt possiede oltre 500 milioni, è naturale che migliaia di persone stentino la vita, e dove il Vanderbilt può trovare almeno una ventina di fortunati se non proprio di così olimpica nobiltà plutocratica come la sua (vogliono ce ne sia dei più ricchi), degni almeno di stringergli la mano e d'invitarlo a desinare, è da stupire che quelle migliaia, non siano per morte d'inedia ridotte a zero.

Del resto, la bassa città è più frequentata dai ricchi che dai poveri. Nè i ricchi si lagnano della sua degradazione, nè sembrano avvertirla. I maggiori trafficanti di New-York vi passano buona parte della giornata. La famosa Wall Street, chiamata la via dei milioni, è nel centro di essa. Gli Astor, i Gould, hanno i loro scrittoi in quei rioni. Fu, se non erro, nel dimesso scrittoio del Gould che un disperato minacciò anni sono il vecchio banchiere di farlo saltare in aria con un pugno di dinamite, se non gli dava sull'attimo un milione. Il Gould, intrepido ed incredulo, rifiutò e quegli lanciò a terra la carica che scoppiando l'uccise, lasciando tramortito, ma illeso, il re delle banche. Allo scoppio si gettò impaurito dalla finestra del suo banco che aveva lì presso, il Morosini, un italiano andato mozzo di un veliero in America cinquant'anni or sono e noverato ora fra i maneggiatori di miliardi. I quali miliardi sembrano avere una virtù preservativa perchè anch'egli ne uscì con poche ammaccature.

Io visitai nel suo studio, in Wall Street, un ricchissimo banchiere che avevo conosciuto anni addietro a Parigi. Uno sportman da disgradarne il Principe di Galles. Egli usa puntualmente al banco dalle dieci della mattina alle quattro pomeridiane, indi se ne va con un'ora e mezza di viaggio in Pensilvania dove dimora colla famiglia in un Club degno delle Mille ed una Notti, chiamato: Toxedo Park. Lo studio di quel raffinato uomo è di gran lunga meno comodo e bello del mio modestissimo. Noto, fra parentesi, e lo seppi da lui stesso, che la piccola casa dov'è il suo banco in Wall Street costò, trent'anni or sono a fabbricarla, quaranta mila dollari (200 mila lire) e che ora gli frutta ogni anno la medesima somma. Tutti quei Cresi sogliono raccogliersi sul mezzodì a far colazione in un Club-ristorante, nei pressi di City Hall, le cui sale sono povere e nude appetto alle sontuosissime degli altri circoli della città alta, cui pure appartengono i suoi frequentatori.

Chi vuole esaltare ad oltranza la civiltà americana, dirà qui che nel concetto di quegli operosi il lavoro, è austero e non comporta mollezze. Ma gli austeri lavoratori che non sdegnano di sedere a mensa in locali disadorni, vi pasteggiano Champagne a 30 lire la bottiglia e vi si stillano il cervello in esperimenti di alta gastronomia. Il che prova che dove il godimento è intenso, non ne rifuggono e che la loro austerità è sessualità grossa che non vuole scomodarsi per poco e che indugia il piacere e lo condensa per potervisi poi distendere in pieno.

Non sarà, spero, attribuito ad austerità o ad altre virtù astinenti quel colore orribile e uniforme che nella bassa città tinge dalla prima all'ultima tutte le case di ogni strada. Non si può dire che sia cattivo gusto di tempi andati perchè molte sono ritinte di fresco, nè che quello sia colore più solido e meglio appropriato al clima, poichè il rione accanto ne sfoggia con altrettanta imperterrita sicurezza un altro. È vera indifferenza all'estetica, dove l'estetica non darebbe che un fuggevole compiacimento.

Le strade che imbocca prime, per l'appunto, chi entra in New-York allo scendere dei vapori transatlantici, sono tinte di rosso da capo a fondo. Le case si descrivono in due parole: muraglie e buchi. Non un fregio, non una fascia, non una cornice, non uno stipite in aggetto. Costruzioni tozze di tre piani e così allineate e livellate per tutta la lunghezza della via, che si direbbe una casa sola interminabile. Mentre andavo internandomi in quei condotti scoperchiati, i più lerci tuguri del mio contado canavesano e valdostano, colle loro logge tarlate, e puntellate, col tetto a gronda e le scalette allo scoperto, mi tornavano alla mente quali squisite opere d'arte. La mente correva da sè, per raffronti ad umilissimi prodotti architettonici quasi temesse dal paragone cogli ottimi un disgusto eccessivo.

Ma la bruttezza del luogo è così assoluta che nulla può attenuare il disgusto. E lo crescono e lo mutano in sorda inquietudine i frequenti apparecchi di salvamento per i casi d'incendio. Nulla fa più pensare al pericolo che le vistose difese contro di esso. Ogni due finestre scende rasente la facciata della casa da un piano all'altro e dal più basso a terra, una scaletta ferrea a pioli, destinata alla fuga degli abitanti quando avessero a crollare le scale interne. Quelle scalette sono, come la casa, dipinte del color di fiamma viva, di maniera che danno quasi una visione permanente d'incendio, mentre rivelano la poca resistenza dei materiali e la fragilità delle costruzioni. Nell'alta città quelle pendule scalette non usano più. Il meraviglioso servizio delle pompe le ha rese inutili e l'estetica le ha bandite. Perchè durano in quei rioni dove sono quanto negli altri, solleciti ed efficaci i soccorsi dei pompieri e più vigorosa la spinta delle acque? Perchè occorsero un tempo, e perchè ivi non torna conto di mutare per abbellimento, nessuna cosa.

Tuttavia la bassa città ha essa pure qualche bell'edifizio e qualche punto pittoresco. Non parlo delle fastose sedi dei grandi giornali delle quali la grandiosità è squilibrata ed il fasto teatrale. Esse tengono una accanto all'altra un lato della piazza municipale dove stanno il palazzo del Governo, e quello immenso ed ormai insufficiente della posta. La chiesa della Trinità che sorge poco discosto, costrutta come quasi tutte le chiese d'America, nello stile fiammante inglese, passerebbe forse inosservata in una città europea, e nei recenti quartieri della stessa New-York, ma in mezzo a tanta secchezza di fabbriche, esprime una grazia riposata che mette pace nell'animo. Le s'apre ai fianchi un vecchio cimitero, fitto di alberi venerandi e di lapidi muscose mezzo nascoste nell'erbe: un recesso quieto che fa pensare ai tempi in cui le vie e le case circostanti invece che al solo lavoro erano date insieme al lavoro ed alla vita.

Io andai pensando più volte se la separazione assoluta del luogo dove l'uomo opera ed intende ai guadagni, da quello ove si riduce a vivere la vita, non contribuisca sempre più ad inasprire il formidabile individualismo degli americani. È certo che la casa, l'home degli inglesi, esercita sull'animo nostro un'azione mitigante, lo predispone e lo inclina all'esercizio delle virtù altruistiche. Chi abbandona la mattina i dolci luoghi della vita domestica e va e rimane per traffici fino a sera, in luoghi dove non ne resta nessuna traccia, e dove non c'è traccia nemmeno in altre vite somiglianti che gli ricordino la propria, si avvezza in breve a sdoppiare quasi interamente la propria natura, a separarne gli elementi effettivi dai volitivi ed intellettuali, lascia a casa l'umanità amorevole e soccorrevole per armarsi soltanto negli affari, di un egoismo aspro ed ingrato. Da ciò quella bella sentenza degli americani: Business is business - Gli affari sono gli affari - la quale autorizza ed incoraggia tutte le trappolerie e le soperchierie ed esclude dai traffichi, non dico la carità, che non domando tanto, ma la coscienza ed il rispetto dell'altrui diritto alla vita.

Quanto negli aspetti della bassa New-York sa ancora di grazia e di gentilezza, appartiene al tempo in cui la città ristretta in quei confini era di fatto abitata e non, come ora, frequentata solamente in certi giorni, in certe ore e per certe ragioni. Nè quel tempo è molto lontano. Sessant'anni or sono New-York terminava là dove sorge la City Hall: il palazzo del comune. È curioso notare come nè allora nè, non ostante i continui ingrandimenti, molto tempo di poi, essa fosse consapevole della propria vitalità espansiva. Lo spazio compreso fra la City Hall e la punta al mare misura una quindicesima parte di lunghezza della città d'oggi e nel suo punto più largo, vale a dire alla base del cono che si appunta al mare, una metà della larghezza media attuale. New-York è oggi trenta volte più grande che nel 1830, e questi dati stanno piuttosto al disotto che al disopra del vero. Or bene, quando si volle edificare nel 1830 il palazzo del comune e lo si collocò alla estremità superiore della città, l'onore dei marmi, a dispetto del disegno che ne voleva rivestito tutto l'edificio, fu conceduto alla sola facciata prospiciente l'abitato, perchè l'opposta che dava sui prati non ne meritava la spesa.

Vent'anni or sono, visto il gran diffondersi del cattolicismo e raccolti i quattrini, il Capitolo di New-York deliberò di erigere una cattedrale. L'arcivescovo, uomo illuminato ed accorto, designò all'uopo un luogo a monte della città, nell'aperta campagna, a qualche chilometro dall'abitato. Pensate lo stupore e le risa del Capitolo, dei fedeli e dei rivali presbiteriani. Monsignore fu trattato di pazzo o poco meno; si fecero le burlette sulla cattedrale in villeggiatura, sul viaggiare dei canonici per recarsi all'ufficio e dei fedeli per accorrere alle funzioni. L'arcivescovo aveva un bel dire che le cattedrali se non per omnia sæcula, si devono edificare per secoli parecchi e rifarsi dei recenti ingrandimenti a presagio e promesse maggiori in tempo assai prossimo: gli altri concedevano che la città sarebbe forse un giorno arrivata fino là, ma non oltre, e quando? e ancora! Oramai quello che s'era voluto fare s'era fatto e nessuno sperava certo di allungare Broadway fino al Pacifico. - La spuntò l'arcivescovo e per lo spazio di qualche mese, la bella chiesa che fu dedicata a San Patrizio, respirò l'aria aperta dei campi. Ma il pieno sole non le durò gran tempo. Essa sta ora nel mezzo dei più eleganti quartieri e due terzi circa della città, si stendono oltre le sue, ancor nuove, pareti.

D'allora in poi New-York ha fatto giudizio, ha imparato a conoscersi, o se pecca, è piuttosto di troppa, che di poca fede nei propri destini. Oramai stimolata dalla gelosia verso la più giovane Chicago, essa guarda ai villaggi che ancora le distano dieci, dodici, quindici chilometri, come a preda dovuta e sicura. E più guardano questi ad essa impazienti di farsi inghiottire. Quel ramo dell'Hudson chiamato Harlem-river che segnava due o tre anni or sono l'estremo confine del suburbio, vedrà sul principiare del secolo venturo una maggiore distesa di fabbriche a monte che a valle del suo corso. Le sue rive hanno ora il pittorico aspetto dei luoghi subitamente assaliti dalla febbre novatrice, che mostrano violenti contrasti fra il ieri già decrepito e il domani già quasi attuato. Il presente non vi ha nessun aspetto stabile. O luridi tuguri extraurbani, che minacciati dalla città galoppante incontro ad essi e predestinati al piccone demolitore, nessuno curò più di restaurare e di abbellire, o immensi castelli di travi che mal nascondono gli imminenti palazzi! La città smaniosa di piantare i segni delle sue conquiste scava entro i colli granitici le vie dei futuri quartieri e le conduce tosto a finimento. Incise fra enormi dadi di macigno levigati sui fianchi ed ancora coronati, al sommo, d'erbe selvagge, quelle vie già lastricate e scavato nelle lastre di gorello dell'acqua e sagomato il rialzo del marciapiede, lungo il quale già si allineano i fanali, fanno una veduta curiosa che ha insieme del fantastico e del puerile. La fervida fantasia industriale ha già segnato alla nuova città le plaghe, dove inerpicarsi su per i colli e quelle dove spianarsi ad agevolezza di traffichi. Là rimpolpa le chine di terra vegetale, alimento ai futuri giardini, qui, squarcia e rade le rupi. Così la città promessa si dispone in svariate prospettive e s'incorpora lembi di schietto paesaggio. Già l'attuale comprende nei suoi quartieri centrali vaste regioni boschive e sistemi di colli, fra i quali corre bensì un sapiente intreccio di strade, ma che pur serbano la sincerità dell'aperta campagna. - Il pomeriggio del sabato (poichè la settimana operosa termina in America il sabato al mezzodì) New-York si riversa nel Central-Park e ne invade con domestica padronanza ogni recesso. Ma la folla non vi ha l'aria colleggiale e domenicale della nostra, costretta dalla tirannide edilizia a procedere in processione lungo i viali. Il parco appartiene veramente in ogni sua parte ai cittadini, i quali ne prendono un possesso corporeo, non visivo soltanto come noi facciamo. Numerose brigate, bei fiori di ragazze e di giovani, si spandono nelle distese erbose, franche d'ogni vigilanza e vi giuocano a corsa, al salto, alla palla, ai birilli. - Presso di noi quei giuochi vogliono recinti privilegiati; là si fanno all'aperto con libero diletto degli attori e degli spettatori. Quelli vi cercano, nell'esercizio muscolare uno svago ed un sollievo alle cure ed alla concentrazione cerebrale indotta dagli affari; questi ne traggono l'orgogliosa coscienza nelle energie fisiche onde il sangue americano prevale sull'europeo, ed un compiacimento estetico che noi, per secolare abitudine, siamo avvezzi a domandare soltanto ai prodotti dell'arte.

Fino a pochi anni addietro, l'America tutta intesa alla conquista delle proprie terre, parve riconoscere alle vecchie società europee il privilegio della bellezza, e da queste prese a modello in ogni ramo dell'arte, le forme consacrate dai secoli. Conscia ora della sua integrità e della sua individualità, essa va rapidamente accogliendo e maturando una sua particolare idea del bello che, non disturbata da preconcetti storici e da tradizionali riverenze, ricava dalla osservazione diretta anzi dalla diretta fruizione della vita! La sua è si può dire una estetica sociale, cioè non disgiunta mai dalle applicazioni al benessere e confacente allo sviluppo progressivo della razza umana.

Presso il popolo americano, l'idea della bellezza è più associata all'esercizio ed ai movimenti della vita che alla immobilità dell'opera d'arte. Esso preferisce vedere bella gente e gagliarda nelle vie delle città, che bei monumenti nelle piazze e bei quadri nelle pinacoteche ed in generale stima che l'idea del bello si rinnovi e rimuti di continuo, a seconda che si rinnovano e rimutano gli aspetti ed i moti della vita. - Perciò l'estetica degli americani, più mutabile e progressiva della nostra e meno ombrosa e tirannica, non contrasta mai lo sviluppo delle attività meccaniche onde escono gli agi ed è centuplicato il godimento dei beni terreni, ma si va ad esso continuamente conformando.

All'artista europeo, quando egli è dimorato alcun tempo negli Stati Uniti, avviene spesso di provare un senso indefinibile di disagio intellettuale che egli non sa sulle prime a che attribuire. Egli osserva, nota, raccoglie una somma insperata di sensazioni che possono divenire sostanza d'arte, ma in pari tempo avverte che qualche cosa manca a quel complesso poderoso di cose, di fatti, di moti, di espressioni della vita. E per poco ch'egli rifletta e si abbandoni nelle ore crepuscolari alle care immagini patrie, s'accorge che un elemento imponderabile manca: la testimonianza del passato. Manca la storia, mancano i segni della storia, manca la profonda vibrazione ideale ond'è accresciuta la bellezza delle cose belle, mancano le immagini e le voci dei secoli morti.

Gli americani nella baldanza della loro gioventù non sanno dolersi di tale lacuna. Essi in argomento d'arte, deridono alquanto la nostra estetica legittimista e si compiacciono d'esserne affrancati. Il difetto di tradizioni, essi dicono, li salva dalle timidità rispettose e li aiuta a conseguire la personalità. E in argomento di costituzione sociale e di condotta politica, essi, non senza ragione, osservano che ai popoli d'Europa la memoria delle grandezze passate è cagione di errori, di vanità, d'ingiustizie, di prepotenze, di miserie; di eccidi presenti. Hanno ragione? Hanno torto? Chi lo può dire? E che giova cercarlo? Nessuna forza umana potrà far mai che quello che fu non sia stato, ed essi vanno ora edificando storia e tradizioni ai loro nepoti.

Certo a noi il noblesse oblige fu spesso causa nella vita privata e nella pubblica, di commettere azioni a criterio morale disoneste, a criterio politico pazze e crudeli, a criterio sociale o ingiuste o ritardatrici di giustizia. Ma eliminato il pregiudizio, ma vinta la vanità, ma fatto ragionevole l'ossequio, ma francate dall'ossequio le attività creatrici, chi vorrebbe soffocare le larghe pulsazioni della vita umana considerata nella continuità dei secoli? Certo la intemperanza estetica degli americani e la loro incontinenza nella fruizione della ricchezza, conseguono in molta parte dal silenzio del loro passato e dallo scarso loro patrimonio ideale. Nessun tesoro di miliardari può dare le gioie incontrastabili che proviamo passeggiando per una chiara notte sulla piazzetta di San Marco e rievocando dal palazzo dei Dogi i fantasimi della storia.

Ma quel difetto di storia, che a molti spiriti delicati d'Europa renderebbero quasi insopportabile il soggiorno del nuovo mondo, gli americani non lo possono nè lamentare nè avvertire. Essi stanno, rispetto a noi, come un uomo che non ama rispetto ad uno innamorato. A quello non par possibile che un essere ragionevole smarrisca la nozione della vita presente e delle cose che lo circondano, ed il senso dell'utile per i begli occhi di una donna che lo lasciano lui, freddo ed indifferente. A questi non par possibile che altri possa vivere senza amare e senza amare quella per l'appunto che a lui solo par donna. Noi siamo, rispetto all'arte degli americani, e parlo qui in modo speciale dell'architettura perchè è la sola dove essi abbiano conseguito una vera personalità, nelle identiche condizioni in cui si trovava il Vasari rispetto all'arte gotica; il quale ne chiamava maledizione di fabbriche, i prodotti. Diciamo subito che i nuovi saggi architettonici d'oltre oceano, non incontrano neanche in America la generale approvazione, e neanche quella del maggior numero. Ma i dubbiosi ed i dissenzienti, non condannano: stanno a vedere, persuasi che ai primi informi tentativi seguiranno vere e sicure opere d'arte originali e pratiche. A noi europei quelle moli scomposte danno un senso di apprensione e di inquietudine, senza indurci nello sgomento estetico e grandioso. L'immenso fabbricato dell'Auditorium di Chicago, dove c'è un albergo per un migliaio di avventori, una quantità grande di banche e di scrittoi d'ogni maniera, il Conservatorio di musica e, non ricordo se al sesto o al settimo piano un teatro capace di ottomila persone, fa più meraviglia a sentirne enunciata la capacità che a vederlo. La sua vastità manca di grandezza. La vastità non è e non può essere elemento d'arte. Lo è la grandezza che risulta dalla coordinazione delle parti. Può riuscire cento volte più grandioso un edificio cento volte più piccolo.

New-York non accolse ancora quelle babeliche moli che in Chicago assaltano il cielo con una temerità che sa di pazzia. Ma già i maggiori giornali s'insediarono in esili casoni giganti nei quali la comodità e la speditezza dei servizî sono sacrificate alla smania di sorpassare i vicini. In luogo di distendersi in piano, quegli edifizî si affilano in torri, onde le comunicazioni fra le diverse parti richiedono un continuo moto di ascensori. Tutte le colossali fabbriche di New-York hanno porte basse e tozze che il sovrastante edificio schiaccia ridicolmente, e piani soffocati. I due piani del palazzo Tolomei di Siena, ne darebbero otto di questi. Certe case di quattordici piani, non misurano una volta e mezza l'altezza del palazzo Strozzi. Curano bensì di mentire la frequenza degli scomparti per via di finestroni che salgono dal primo al quarto piano, ma quel vedere dalla strada, nell'altezza di una sola finestra, tre metri uno sopra l'altro, tre signori, seduti a tre scrivanie e persone e mobili quasi sospesi nell'aria ed appoggiati ad una parete trasparente, induce un senso d'inquietudine irritante. Dove posano i due piani intermedî ? Se ci stanno e reggono pesi, si capisce che hanno base sufficiente; ma se la scienza costruttiva si appaga della stabilità reale, l'arte architettonica vuole anche l'apparente perchè l'occhio ha la sua logica. Non nego che la nostra estetica architettonica s'informi ai massicci e grossi materiali costruttivi durati in uso per tanti secoli. Già la nozione razionale e sperimentale che abbiamo della stabilità, va conciliandosi colle forme snelle consentite dai materiali metallici: ma i sensi impigriti della secolare abitudine, sono più tardi della ragione, e non sempre quello che ci persuade li appaga.

Nel disgusto che ci danno quelle nuove forme, interviene dunque un resto di pregiudizio che sarà bene combattere e che andrà per necessità di cose scomparendo di per sè stesso. E scomparirebbe più presto se l'architettura ferrea di quei novatori fosse più sincera. Ma essa edifica col ferro e mentisce muri d'apparato. Noi ammiriamo con viva compiacenza estetica, i ponti sospesi e le immense arcate delle stazioni, dove la membratura ferrea ci appare schietta nella sua robusta sottigliezza. Perchè le fabbriche non si darebbero anch'esse per quello che sono? Non c'è vera originalità senza schiettezza.

CAPITOLO III.

L'intemperanza degli americani.

Quando si affermano le qualità caratteristiche di un popolo ed in special modo di un popolo vario e progressivo quale l'americano, si parla ben inteso sulle generali. Le grandi città dell'Unione e segnatamente quelle prossime all'Atlantico, raccolgono oramai una società cosmopolita, nella quale i caratteri etnici sono in apparenza attenuati e modificati dalla convivenza con genti europee, dalla coltura, dai viaggi, dai parentadi, dalla vanità, dalla moda. L'europeo colto, che giunge in America, e frequenti per l'appunto tale società vi trova la più squisita gentilezza di modi e, sopratutto nelle donne, una grande cura di far risaltare le affinità e di nascondere le dissomiglianze di razza. I circoli eleganti di New-York sono al fatto di quanto segue giornalmente nelle grandi capitali d'Europa nel campo dell'arte, degli spettacoli, nelle feste, nella cronaca mondana, dell'almanacco di Gotha, e ne discorrono come di cose vicine e famigliari. Le signore americane le quali ostentano volentieri una sprezzante ignoranza intorno alla vita politica del loro paese, arrossirebbero di non saper nominare le dame d'onore della regina d'Inghilterra, o dichiarare il grado di parentela che corre tra le case d'Assia e di Mecklembourg o dare il suo giusto titolo ad un cameriere intimo di Sua Santità, il sommo Pontefice. È curiosa la conoscenza sicura che hanno quelle belle protestanti, delle cariche, delle cerimonie e degli intrighi vaticani e curiosissimo l'untuoso rispetto con cui ne discorrono. La corte papale esercita su di esse una seduzione, non guari dissimile nelle origini da quella che esce dai laboratorii di sartoria muliebre del Worth e dai prontuarii di casistica erotica di Paolo Bourget. I papisti sono consapevoli del fascino nobiliare che esercita il cattolicismo e lo mettono a partito. I preti ed i prelati cattolici residenti nelle grandi città americane, disciolti dall'obbligo di vestire l'abito sacerdotale, fanno una propaganda mondana che dà copiosi frutti. La loro aria di degnazione benevola, il loro distacco dalle cose terrene cui s'accostano indulgenti, il parlare sobrio e pacato, il loro rifarsi nei discorsi d'arte e di signoria da tradizioni universalmente rispettate, sono per essi altrettante cagioni di un predominio cui il fondamentale dissidio religioso aggiunge sapore.

Ma la importazione del gusto raffinato e mutevole dell'alta società europea e la levigatura che procede sempre dalla ricchezza, non modificarono se non in apparenza le tendenze native. A parole, i fashionables del caffè Del Monico, professano un'estetica delicata che deve costar loro una continua autovigilanza. Quella tenuità di pensamenti e di movimenti che è il non plus ultra della sciccheria, stride col loro fisico poderoso e bisognoso d'azione. Il formidabile individualismo onde trassero nel tempo ricchezza e grandezza, si adagia a stento nella disciplina convenzionale della nostra gente per bene. Quando si mettono per godere, vogliono godere oltre misura. Cento doganieri dell'estetica, appostati sull'entrata di un salone a respingerne ogni oggetto non bollato per raffinatissimo, non possono impedire che la raccolta di troppe cose squisite esprima un gusto se non eteroclito, eterodosso. Ogni particolare della vita di quei gaudenti, otterrebbe l'accessit dal più schifiltoso fra i dittatori della moda e della delicatezza parigina, ma il loro complesso tradisce per lo più quella inclinazione a fare in grande che è propria degli arricchiti. Eppure esiste in America una aristocrazia plutocratica, i cui titoli nobiliari risalgono a nonni milionari. Ma quel sottile smeriglio che è il milione da lungo tempo posseduto, non venne ancora a capo di levigare del tutto la ruvida scorza che salì dal ceppo agli ultimi rami. È certo che in America la lunga ricchezza non produsse ancora quello che noi pare supremo fiore dell'eleganza spregiudicata e sicura: l'amore del semplice. Lo produrrà mai? La domanda è oziosa. Meno ozioso il domandare se sarà bene che lo produca. Ed io sto per la negativa. Noi abbiamo cristallizzato il gusto. Il senso della misura, è conservatore per eccellenza, e nasce da timidità. Chi visita gli Stati Uniti, poichè si riebbe dal primo sbalordimento, prende a dubitare della nostra estetica legittimista. Se cerchiamo bene, poichè la gente capace di un giudizio genuino è molto scarsa, il consenso universale nei postulati estetici procede presso di noi da una riverenza tradizionale, non scevra di pigrizia. Noi non ammettiamo i novatori se non quando sono decrepiti e nell'essere stato riconosciamo la prima e principale ragione dell'essere. Così andiamo sempre più divezzando la gente pigra dal pensare col proprio cervello.

L'Americano, all'incontro, cura più il gusto presente che il passato. Il suo difetto di tradizioni secolari, che noi europei avvertiamo di subito e che sulle prime produce nelle nostre menti consuetudinarie un senso di disagio, lo franca dalla timidità rispettosa e lo aiuta a conseguire la personalità. Non è il caso ch'io riprenda, dopo tanti altri, la difesa della originalità americana e non voglio nemmeno dire che i prodotti estetici del nuovo mondo, mi siano tutti, nè la maggior parte, andati a genio. Italiano, sento all'italiana, in ciò solo più spregiudicato di molti miei connazionali, che non derido gli americani del loro sentire diverso dal mio. Perciò nel notare i loro tratti caratteristici, mi guardo bene dall'imputar loro a colpa, la differenza dai nostri. Noto e mi godo nel pensare che la fratellanza cosmopolita non induca per ora, e non sia per indurre mai, una uniformità stucchevole fra tutte le genti.

Del rimanente agli americani le nostre derisioni non fanno nè caldo nè freddo; essi gustano anzi volentieri le caricature che andiamo facendo dello Zio Sam e di Jonathan, e quelli stessi cui una vanità esotica consiglia di adottare le costumanze europee, a chi loro persuade che non ci riescono, rispondono con un sorriso fino fino, dove si può leggere insieme uno stupore canzonatorio ed un orgoglio indulgente. Sembrano dire: a me lo contate? Quasi che si tenessero della non riuscita. Non giurerei che non fosse un po' il caso dell'uva acerba, ma si può star certi che l'acerbità dell'uva non li accora di troppo. Credo per fermo che fra tutti i cittadini dell'Unione non se ne trovi pur uno così continuamente studioso di esotizzarsi come lo sono tanti nostri anglomani delle società per le corse. Alla personalità degli americani giovò sopratutto il non aver essi nessuna paura del ridicolo. Il ridicolo in America non fa presa e dove non fa presa non esiste, perchè non è che un fantasima creato dalla paura. Anche nei paesi latini, dove può tanto, chi più lo teme più c'incappa dentro e, diciamolo, più merita di incapparci. Il ridicolo è un prodotto delle società da lungo tempo costituite, le quali finiscono sempre col chiudersi in un formalismo dommatico. Esso aiuta le serrate di classe contrastando l'entrata d'ogni classe a chi ne sta fuori e l'uscita a chi ci è dentro. Cane di guardia dello statu quo, non morde mai chi si appaga a quel grado di mediocrità che tutti possono conseguire, ma si avventa contro i solitari che lo soverchiano. Educatrice a qualità discrete, a gentili eleganze ed a virtù negative, la tema del ridicolo impigrisce l'esercizio delle attività individuali e frena i movimenti iniziatori. Perciò i paesi dove esso più agisce sono spesso retrogradi e sempre consuetudinari; e perciò ivi l'eccentricità, cioè l'essere dissimile dai più, induce sempre un'idea di ridicolo. Ora se badiamo al procedere della civiltà, noi troviamo che il minor numero di uomini eccentrici s'incontra nei popoli stazionarii ed il maggiore nei progressivi. L'America informi.

D'altra parte è da vedere se i milioni siano più discreti di qua che di là dell'Atlantico. In fatto di gusto, che vuol poi dire di senso artistico riferito a tutte le cose, le società dispendiose e gaudiose dei due continenti su per giù si bilanciano. Le case degli arricchiti ed anche le nuovissime di molti nobili di ceppo antico non sono meno lussureggianti e stupefacenti in Europa che in America; colla differenza che qui si tira a far colpo con poco, anche i duchi e principi, e là purchè ci paia, non si bada a lesinare. Tra un arazzo autentico e la sua imitazione ingannatrice, l'europeo si appaga del falso, mentre l'americano corre al vero. Ma nelle origini e nelle applicazioni del gusto, avvenne in questi ultimi anni in Europa un notevole rivolgimento. Il gusto raffinato che fu già nei secoli andati quasi esclusivo privilegio delle classi più ricche ed elevate, è venuto oggi in gran parte ritraendosi da quelle ed allargandosi nelle classi mediane. Il maggior merito di questa evoluzione spetta all'Inghilterra la quale nelle industrie artistiche più cura la purezza delle linee e la giustezza delle proporzioni che la ricchezza degli ornamenti. Al giorno d'oggi hanno un'eleganza più artistica gli oggetti usuali che quelli di mero lusso. Noi abbiamo perduto il secreto di quel fasto largo e riposato che spiegavano le salde aristocrazie dei secoli passati. Il nostro fasto farraginoso esprime la poca fede che i ricchi hanno nella sua stabilità e la fretta di goderne innanzi che venga l'ultima rovina. E tra i godimenti del lusso, non è ultimo quello di sfoggiarne il costo se non pure di mentirlo maggiore del vero.

Si dice che gli americani, nell'atto di mostrarvi un oggetto pregevole, sogliono sempre enunciarvene il prezzo. Dal sempre in fuori, il fatto è vero, ma la differenza tra essi e noi si riduce a questo, che essi lo spiattellano aperto mentre noi ci ingegniamo di farlo scaturire da un rigiro di parole. Per un loro atto di vanità, noi ne commettiamo due: vogliamo cioè farci belli della spesa e più belli del parerne incuranti. Non nego che al cospetto di un'opera artistica, quell'elemento commerciale messo là in lire e soldi, induca un senso disgustoso. Ricordo di aver visitato in New-York la casa di un ricchissimo raccoglitore di quadri. Egli stesso mi accompagnava davanti ad ogni dipinto e collocatomi nel buon punto di vista mi si piantava accanto a Cicerone e mi diceva: - Corot, dieci mila dollari. Millet, quindici mila e così via; - ma parlava con tale accento di recitazione obbligatoria e facendo così piena astrazione dalla propria qualità di possessore, che si capiva come la nozione del prezzo facesse, a suo criterio, parte integrante dell'opera e fosse inseparabile dal nome dell'autore. Ognuno di noi può invece rintracciare nella propria memoria qualche gustosa scenetta di Mecenati milionari i quali nell'atto di mostrare il quadro, loro ultimo acquisto, ne tacciono bensì con signorile noncuranza il prezzo, ma questo lo si vede di poi far capolino tra le pieghe del loro discorso finchè gli riesce di sbucarne di straforo, prendendo magari un'aria di protezione.

Non è dunque tanto nel gusto più o meno raffinato che io noto la differenza fra noi e gli americani quanto nella smania che questi hanno di affastellare in soverchia quantità gli elementi del piacere nella erronea credenza di moltiplicare i godimenti. Essi fanno come chi deliziatosi di una goccia d'essenza odorosa, ne vuotasse il boccettino sul fazzoletto. Di tali intemperanze nel piacere e nei piaceri più raffinati ai quali è meglio che a nessun'altro necessaria la misura, occorrono esempi ad ogni passo.

Un miliardario di New-York volle farsi la casa degna della borsa. Uomo colto, dimorato gran tempo in Europa e pregiatore delle cose artistiche, ci riuscì sulle prime in modo ammirevole; ma poi prese a sopraffare sempre aggiungendo nuove maraviglie alle antiche. E metti e metti, per poco le cose belle non cacciano di casa il buon padrone, il quale a cominciare dallo scalone se vuol salire nel suo quartiere deve accendere le lampade di pieno meriggio. Quello scalone di palazzo prende un buon terzo della piccola casa, che senza di esso sarebbe armonica e giusta. Vi si accede per un andito lungo e stretto che lungi dal predisporvi a tanta ampiezza, ne rimove il pensiero. Di uno stile cinquecentista tra l'italiano ed il tedesco fusi insieme in bella armonia, esso è tutto da capo a piedi un miracolo d'arte imitativa condotta con sì rara perfezione, che le parti nuove non stridono punto coi molti e preziosi oggetti autentici ivi raccolti. Coperto da un soffitto di legno scuro a cassettoni, le doppie branche e i larghissimi ripiani sono antichi, di legno scuro di noce operato ed incerato. Armi e armature dalla patina bruna in ogni canto e per ogni dove. Lungo le branche, sui ripiani, su per la cimasa della balustrata, mobili scolpiti, statue di legno, stoffe, una profusione di cose peregrine degne ognuna di figurare in un museo. Dentro una nicchietta oscura tra le due prime branche, uno stupendo Luca della Robbia fa da sfondo ad una fontanella. Perchè una fontana? Nelle case americane ed in quella poi, l'acqua sale pei muri a tutti i piani ed a tutte le stanze, e d'altra parte fra tanto apparato di legno scolpito e di tappeti orientali ed in luogo ben chiuso a studio di tepore, lo zampillo, così appropriato ai marmi, non pareva affatto richiesto. Ma l'abbondanza non è difetto e fontana sia. Se non che al cinquecento, alle riminiscenze italiane ed alle tedesche, ai ricchi arredi, alla piastretta di mastro Luca ed a quella specie di acquasantino, perchè non aggiungere il misterioso luccichio dei vetri colorati e dati i colori, perchè non farli robusti, tra il blu, il verde, il viola ed il porporino? Ma le finestre non sono amplissime, ma la casa dirimpetto ruba a questa il sole, ma i colori non lasciano passare che un fil di luce, ma il legno bruno non riflette quella poca, ed ecco che le costose meraviglie dormono al buio onde il visitatore deve cercarle ad una ad una col lanternino.

Vidi in un'altra casa, un salone giapponese stupefacente. Qui a dire mille, si fa torto al vero di una metà e non si è creduti per venti. Quel salone è costato 250 mila dollari, un milione e 250 mila lire, e le vale, e chi ci dovesse vivere tre giorni, pagherebbe, potendo, altrettanto perchè il Giappone non fosse mai esistito. È un salone di bronzo, ma intendiamoci, tutto di bronzo da capo a piedi, senza soluzione di continuità, tranne il pavimento che è in legno antico, un amore di pavimento rossiccio, segnato a fantastiche figure che è un peccato metterci su il piede. Il soffitto di bronzo ancor esso fa a primo vederlo l'effetto di una pioggia fina fina subitamente rappresa, della quale si contino tutte le goccie sospese per l'aria, tanto è irto di punte e di oggetti d'ogni maniera, che formano un intreccio serrato nel quale l'occhio non riesce sulle prime a raccogliere nessuna traccia di disegno. Ci si arriva di poi, tirando fra i punti più vicini quelle linee ideali che è così difficile rintracciare e seguire, ma che una volta trovate si fissano nella mente e vi prendono una realtà evidentissima. Allora escono mille figure geometriche che si compenetrano a vicenda moltiplicandosi all'infinito; ma ci vuole una fatica improba a trovarle e chi le trova è preso da una smania faticosa di cercarne dell'altre, e quella smania perdura anche quando non vi stanno più sotto gli occhi le cose che l'hanno generata e la sera a letto, allo scuro, è una danza vertiginosa di cubi, di trapezi, di parallelogrammi, di tutta la diavoleria esatta onde nascono le più fiere torture delle menti imaginose.

Buono che il soffitto, basta non voltare gli occhi in su, si può fare a meno di vederlo: ma le pareti, ma le cornici ed i battenti degli usci, ma il camino, quel formidabile camino tanto irto ancor esso di infiniti sottilissimi rilievi che a volerne fare la planimetria, ne uscirebbe l'area di una casa, quelli bisogna vederli per forza e patirne l'attrazione morbosa. Non mi dilungo a descrivere. Ogni parte di quel tutto mostruoso è un capolavoro dell'arte; e la raccolta indiscreta di tanti capolavori, produce una sensazione visiva identica a quella di un forte pugno nell'occhio. Appetto a quel salone che vorrebbe essere abitabile, un museo parrebbe intimo e domestico quanto il tinello di una villetta abitata tutto l'anno.

Altro esempio. In America, come a Londra, e come oramai in tutte le grandi città d'Europa, i Clubs, già un tempo destinati a solo trattenimento serale e notturno, vennero a poco a poco diventando quasi alberghi privilegiati, dove i soci possono passare l'intera giornata, attendere agli affari, desinare e all'occorrenza trovare alloggio fornito. In New-York sono elegantissimi: l'Union Club, il Manhattan Club, l'Athletic Club ed in modo speciale, vale a dire più d'ogni altro meticoloso nelle ammissioni dei nuovi soci, il Knikerbocker Club. Ma tutti questi da un maggior fasto in fuori, non sono dissimili dagli europei. Bisognava bene che la smania gaudente degli americani ne escogitasse uno di nuovo conio e questo fu il Club di Toxedo Park che in New-York stessa è noto solamente a pochissimi raffinati.

Toxedo Park in Pensilvania è una grande distesa di terreni dove sono raccolte molte e varie bellezze naturali. Solcate da acque perenni, abbellite da un lago e da colli boscosi ridentissimi, quelle terre furono comprate trenta o quarant'anni or sono da un ricco signore di New-York il quale contava forse di fondarvi una nuova città. Così suppongo, perchè così usa di frequente negli Stati Uniti; ma o sia errata la supposizione o fallisse l'impresa, fatto sta che la città non sorse, e le bellezze naturali non furono deformate. Se non che, l'uomo, già straricco, non voleva mettersi a dissodar terreni, nè vendere a spizzico quanto aveva acquistato in blocco e d'altra parte, una villa in così immensa proprietà sarebbe riuscita desolata come una trappa. Dopo alcuni anni di infruttifero possesso, gli amici vennero in aiuto al compratore.

Egli mettesse i terreni, essi avrebbero edificato la casa, dove tutti insieme sarebbero convenuti con pari diritti a villeggiare. Così nacque un Club campestre che a pensarlo appare il non plus ultra del genere. Ogni socio vi ebbe alloggi spaziosi e liberi per sè e per la famiglia e proprie scuderie e rimesse, senza contare quelle fornite ad uso collettivo, dalla comunità. Saloni comuni per i pranzi, i giuochi, il conversare, le feste; biblioteca, farmacia, servizio medico, ufficio postale e telegrafico e quanto altro il lusso e la raffinatezza possano imaginare, tutto fu nel nuovo club apprestato con larghezza di Nabab o di sultani. Come di ragione, un tale Eldorado fece gola a molti e fioccarono le domande di ammissione, tanto più che le linee ferroviarie avevano avvicinato i luoghi a New-York, donde coi treni direttissimi si può giungere a Toxedo Park con un'ora e mezzo di viaggio, quanto occorre per recarsi da un capo all'altro della città. Il numero dei soci fu accresciuto, e gli edifici furono ordinati a dimora permanente. I sociologhi ed i moralisti potranno esaminare se tale continuità di vita collettiva, intesa di continuo al godimento ed escludente ogni intimità domestica, non debba alla lunga inaridire gli animi ed intristirvi il fiore dei sentimenti delicati; ma oramai molta parte della società gaudiosa, suole anche in Europa, dimorare dieci mesi dell'anno negli alberghi e considerare la casa quale luogo di passaggio. Ad ogni modo, al punto di vista del piacere immediato, Toxedo Park non lasciava nulla a desiderare. Ci voleva proprio l'incontentabilità degli americani per viziarne, a studio di maggiori delizie, l'ordinamento. Cominciò un socio a volersi fabbricare una villa tutta sua in luogo a lui gradito entro i confini della comune proprietà. L'idea piacque a tutti, ma convenne per attuarla, deliberare la serrata della società ed inibire ulteriori ammissioni. I soci erano, non ricordo se trenta o quaranta: si decretò che non ne dovesse entrare più nessuno. E avanti a fabbricar ville, serbando il primo edificio a ritrovi collettivi. A primo aspetto, la trovata par deliziosa; ma a rifletterci! Al Club non ci si affeziona, o almeno non tanto che s'abbia a provare un grave rammarico nel ritrarsene quando la compagnia non ci torni gradita. Invece, la casa ideata da noi e venuta su sotto i nostri occhi e informata ai bisogni della nostra famiglia, della quale rispecchia l'indole e le abitudini, diventa, in breve, parte di noi stessi ed oggetto di un amore pieno di tenerezza nel possesso e di dolore nell'abbandono. Già il sapere che altri può vantare su di essa se non proprio un diritto di proprietà, almeno una ragione che limita la nostra proprietà e non ci lascia disporne a nostro talento, deve essere causa di continue punture. E poi, la convivenza con un numero fisso di persone e sempre quelle, può durare piacevole anni ed anni, ma può anche diventare domani, e diventerà certo col tempo, uggiosa e tormentosa. E il non poterla evitare affretta ed accresce l'uggia ed il tormento. Tutti siamo esposti alle vicinanze moleste, ma è raro che il fastidioso vicino sia comproprietario del nostro giardino ed erede necessario della nostra casa quando l'avversione che egli ci ispira ci inducesse ad abbandonarla.

È certo che alla seconda generazione, i soci di quella fantasiosa società, daranno del gran filo da torcere per intricati interminabili litigi ai giudici americani. Il troppo stroppia. La mia villetta umile e lontana dalle genti, può vantare su Toxedo Park l'immensa superiorità di non averci intorno quaranta vicini in possesso ognuno di un quarantesimo del diritto di venirmi a seccare.

CAPITOLO IV.

I Bars e l'alcoolismo.

I Bars (spacci di liquori), sono nelle grandi città degli Stati Uniti, così frequenti come da noi i caffè e le osterie, ma più frequentati. Gli avventori vi passano e si rinnovano di continuo. I Bars più eleganti sono annessi ai grandi alberghi. La piazza chiamata: Madison square che è il centro mondiale di New-York, ne conta due fastosissimi; quello del Fifth avenue hotel (albergo del quinto viale) e quello dell'Hôtel Hoffman. Quest'ultimo è costato, dicono, 100 mila dollari, cinquecento mila lire. Ha un salone solo, non amplissimo, ricco di celeberrimi quadri, fra i quali, protetto da un baldacchino che lo fa sembrare una pala d'altare curiosa in tal luogo, uno vantato per opera del Correggio. Nel centro, sorge un pilastro rivestito di scaffali pieni di bottiglie intorno al quale, oltre lo spazio riservato ai giovani di bottega, corre in cerchio la tavola del servizio. Lungo una delle pareti, sta un banco per la vendita dei sigari e lungo un'altra una tavola fornita di sostanziose ghiottonerie. Nello spazio libero, pochi tavolini e poche seggiole. Gli avventori bevono ritti e sostengono ritti, dal primo al penultimo, tutti i gradi della sbornia. All'ultimo chi ci arriva, provvede il pavimento sul quale il bevitore s'abbioscia per morto.

Il luogo, anche nell'ora della maggior ressa, è silenzioso. Gli americani sono più parchi parlatori che bevitori, e sembrano discorrendo fra loro, confidarsi continui secreti. I loro organi vocali danno in note basse e la lingua inglese si presta a meraviglia al parlare fra le labbra che non risuona ed alle proposizioni elittiche che fanno i dialoghi rapidi e brevi. Dal banco, non esce voce in tutto il giorno. Colla bibita richiesta, vi porgono una tessera dove ne è stampato il prezzo, ond'è rimossa ogni occasione di parole coi garzoni. Le ghiottonerie sostanziose non sono poste in vendita, ma offerte gratis agli avventori. Tutti gli spacci di liquori in America danno per soprappiù della bibita qualche boccone, a stimolo della sete ed a ritardo dell'ebrietà. Negli infimi stanno sul banco due ciotole piene l'una di pane sbocconcellato e tostato e di scheggie di cacio l'altro. A mano a mano che il Bar si fa più elegante, cresce la copia e la qualità di questi aiuti al bere. I primari imbandiscono: rostbeaf, salumi, caviale, pesci, pasticcini e certe insalate fantastiche veramente squisite. Il Bar dell'Hoffman house, ammanisce due volte al giorno un lunch nutritivo e ghiottissimo. Non si pagano che le bibite. Chi entrasse e pasciutosi si astenesse dal bere, ne uscirebbe senza por mano alla borsa. Ma la fede pubblica è in New-York così esemplare, che al solo sospetto di una tale soperchieria, si riconoscerebbe il forestiero, anzi l'europeo. Non vi sono forse certi servizi d'omnibus sprovvisti di fattorini? I passeggieri salgono e scendono senza che nessuno richieda loro il prezzo della corsa, che un salvadanaio nell'interno della vettura è destinato a ricevere. Le piccole cassette postali disseminate in gran copia per la città, portano sul piano superiore una minuscola ringhiera che ne fascia gli orli. Quando la cassetta è piena che di più non capisce, chi vuole impostare, in luogo di cercarne un'altra, depone le lettere ed i giornali su quel piano, a portata della mano della folla. E se così usa è segno che non nascono guai. Ordinamenti civili fondati sul presupposto della probità universale, mentre segue proprio il rovescio in casa nostra.

A chi arriva d'Europa, quel mangiare a ufo, dà sulle prime un certo senso di noia. Viene fatto di cercare intorno chi ringraziare e, non trovandolo, di ordinare ad alta voce la bibita venale e sanatrice, che non s'avesse a pensar male. Ma non pensa male nessuno e fate pur conto che il padrone non ci rimette. All'Hoffman bar la più semplice delle bevande, dall'acqua in fuori, costa 25 centesimi il bicchierino. Poco a unità di lira, molto a unità di dollaro. Il centesimo del dollaro vale un soldo e più. Non dico che quando uno si satolla ci rimetta, ma nessuno entra in quei luoghi per satollarsi. Gli alcoolisti non toccano cibo, gli altri ci capitano spinti dalla sete e non vedono l'ora di rinfrescarsi; se dopo il primo bicchierino, le ben disposte leccornie li invogliano ad uno spuntino, questo a sua volta li adesca a ribere, e due bevute pagano il lunch.

Già, nel primo soggiorno in America, quel nostro riferire i centesimi alla lira invece che al dollaro, è cagione di ingrate sorprese alla chiusa dei conti serali. Le piccole compere si moltiplicano in modo rovinoso. Un oggetto che da noi costa tre lire, è segnato in quelle vetrine: 75 cents. Che bazza! È così bello e finito che non più. Subito entrate a comprarlo, se anche non vi occorre, per non perdere l'occasione. Chi porge la moneta di un dollaro, tanto tanto s'accorge che il resto è un po' magro, ma chi paga con un biglietto di due, di cinque, di dieci dollari, tra la difficoltà di fare il conto e la vergogna di apparire novizio e la fede, la giusta fede della probità americana, intasca i copiosi spezzati e si gode uscendo, la beata illusione di un buon mercato eccezionale. Fragile gioia e costoso ammaestramento. E la lezioncina si rinnova al ritorno in Europa, dove, sulle prime, poichè si stette tanto tempo guardinghi per via di quel dollaro benedetto, il saper ridotta ad un quinto l'unità di moneta vi fa allentare la sorveglianza ed allargare la mano oltre misura. Così viaggiando s'impara e si sa che i buoni maestri costano caro.

Torniamo al Bar, dove si affolla innanzi l'ora del pranzo la società fiorita di New-York. Veramente fiorita, perchè l'uso di portar fiori all'occhiello è laggiù più comune assai che in Europa. Durante il mio soggiorno usavano i grisantemi che costavano, quelli doppi, un dollaro l'uno, come un dollaro l'una costavano le rose. Quegli uomini alti, robusti, elegantissimi e così regalmente infiorati, sono davvero belli e nobili. Esprimono al portamento una fierezza non priva di grazia; stanno eretti sulla persona, ma non impettiti, ritti, non irrigiditi, il loro saluto è dignitoso ma non asciutto, sono parchi di parole, ma non ammusonati. Ne è pieno il salone del Bar e l'atrio dell'attiguo albergo ed il larghissimo marciapiede all'aperto sulla piazza. In quell'ora diurna una sorsata basta alla sete degli avventori. Avviene bensì di notare qua e là qualche occhio appannato e qualche andatura meditata, ma sono casi rari e ad ogni modo, di vere cotte non appaiono traccie.

E non mi occorse nemmeno di avvertire in quei bevitori, l'abito alcoolico che si mostra a indubbi segni, anche quando chi ne è posseduto rifugge dal bere. Presso di noi, i bevitori tradiscono il vizio anche nei momenti di deliberata misura. Nell'atto in cui è loro mesciuta la sola bibita che si consentono, e più nel recarla alle labbra, il loro occhio brilla per cupido accendimento. È uno sguardo carezzevole e prelibatore pieno di tenerezze rattenute e frenato da proposti eroici. E quando rimettono vuoto sulla tavola il bicchierino che centellinarono deliziosamente, si capisce che la tentazione e la resistenza stanno sul filo della loro volontà in equilibrio instabile. Cansano gli sguardi del tavoleggiante per non essere indotti in peccato; posano il calicino sull'orlo del banco senza ritrarne la mano, tanto per indugiare la decisione: nessuno può dire se lo porgano per averlo ricolmo o se lo depongono sazi. Deciderà l'oculatezza del giovane di bottega o il Dio supremo dei bevitori e dei giuocatori: il caso.

Nulla di simile segue di quegli uomini poderosi, nei quali primeggia sempre, sia volta al bene o al male, la maggiore delle forze virili: la volontà consapevole. Al tono con cui ordinano la bibita predinatoria, si capisce che quella sarà l'unica di quell'ora, come al tono con cui ordineranno più tardi la prima delle serali, si capirà che ne verranno delle altre molte.

Chi s'appostasse presso il banco di un Bar nelle ore diurne sarebbe indotto a credere che la strombazzata incontinenza alcoolica degli americani sia una fiaba; chi ci capitasse alle dieci di notte, ne indurrebbe il disfacimento finale della razza americana. Contemperando le due impressioni opposte, ne esce pur sempre un senso di inquietitudine rispetto all'avvenire e di stupore malinconico rispetto al presente, ma insieme di ammirazione per la energia volitiva, la resistenza fisica di quel popolo. Dicono infatti che a differenza dei nostri, gli alcoolisti americani poichè passarono la notte intera piombati nella attonitaggine alcoolica, si trovano all'alba desti e destri a lavori di computo minuziosi e severi. Gli impiegati delle dogane, vegliano tra il Gin ed il Wisky, ma ne scuoteno ad ora fissa il torpore ed ammammolati al discorrere sono acutissimi a far conti. Conobbi laggiù un uomo di molti e grossi affari, un impresario teatrale più volte milionario a milioni di dollari, generalissimo di un esercito danzante, cantante, suonante e recitante, scaglionato in parte nei vari Stati dell'Unione, in parte accantonato nei presidi teatrali d'Europa e navigante, in parte, a sue spese, attraverso l'Oceano, il quale fino dalle dieci della mattina sapeva d'alcool come un carettiere. E seguitava l'intera giornata e la sera, a tracannar liquori ed a fumare sigari inverosimili, il che nulla gli ottenebrava la mente che mostrava ad ogni occorrenza pronta ed accorta ad affari disparati e ferma a subite decisioni. Lo vidi attendere alle prove di un'opera in musica spettacolosa. Sedeva in platea coll'aria cascante di un apopletico, le labbra sporgenti per reggere al peso del grosso avana, ma sonnolento all'aspetto e tardo al parlare ed al gestire, aveva l'occhio ad ogni cosa: agli attrezzi, alle scene, al vestiario, ai cantanti. Ogni cinque minuti gli erano attorno i suoi commessi a parlargli piano all'orecchio, a dargli lettura di un telegramma, a fargli firmare una carta, ed egli passava d'una persona all'altra e d'una in altra faccenda, senza tradire nè sforzo, nè impazienza, nè stanchezza. Di quando in quando usciva dalla sala, e fattosi nell'atrio, imboccava la porticina del Bar annesso al teatro, dove gli mescevano, al primo vederlo, il consueto bicchierino.

Ricordo una notte che viaggiavo in sua compagnia nel suo magnifico vagone privato, una vera palazzina su ruote con due camerette padronali, una per i domestici, una cucina, un salone da pranzo ed un salottino da studio. Dopo una cena squisita inaffiata di Champagne, ch'egli non beveva perchè a tavola era astemio, ci eravamo ridotti nel salottino a discorrere. Parlava lento, con voce bassa alquanto nasale, ragionando in termini commerciali dello stravagante e pittoresco mondo degli artisti di teatro. Le grandi attrici, i virtuosi di fama mondiale, le cantanti principesche, le ballerine, le mime, tutta quella gente vertiginosa, piena di esaltazione, di seduzione, di sessualità e di peccato, passavano ne' suoi discorsi come elementi numerici di operazioni aritmetiche, si riducevano quasi a derrate trafficabili delle quali egli conosceva, i luoghi di miglior produzione e di più fruttifero consumo. E tra un'attrice e una cantante, tra una stagione teatrale in Boston ed un concerto a Filadelfia, erano grosse sorsate di Wiski che ingollava dalla fiaschetta tenuta a portata di mano sul tavolino. E bevi e bevi! Non m'esce dalla memoria quel vagone sontuoso, quel treno fuggente nella notte e sprizzante scintille che andavano ad incendiare le alte erbe sui margini della strada e quell'uomo contegnoso, briaco e sensato ed il suo ragionare da contabile.

Una volta, alla ventesima bevuta forse, accennai sorridendo a levargli di mano la fiaschetta e arrischiai il dubbio che il troppo bere gli potesse nuocere. Mi rispose con affabile sicurezza:

- Provatevi a propormi un affare e vedrete se ci vedo chiaro.

A un punto lo credetti vinto. Le parole che gli venivano sempre più lente, gli morivano sulle labbra e lo vidi assopito cogli occhi aperti. Le scosse del treno, lo sballottavano come un corpo inerte che non seconda i movimenti. Teneva, rammento, le mani posate aperte sulle ginocchia quasi a puntellare il busto che non cadesse all'avanti. Così ciondolava sui fianchi. Provavo un senso di inquieto disgusto, e già stavo per andarmene nel salone accanto, quando sentii i freni a mordere le ruote ed il treno fermarsi brusco. Entrò un moro fattorino della stazione, con un dispaccio. L'impresario subito desto, lo aperse, lo lesse, cercò sul tavolino un modulo telegrafico, vi scrisse rapidamente cinque o sei righe e lo consegnò al moro che lo facesse spedire. Come il treno fu in moto mi disse:

- Ho scritturato Tamagno.

Dicono che a differenza dei nostri, gli alcoolisti americani, poichè durano anni ed anni al vizio, un bel giorno piantano il segno e si comandano di ristare. Un atto violento di volontà li guarisce per sempre. Dicono; ma è poco credibile, o credibile di pochi e ad ogni modo se questo miracoloso rinsavimento salva l'individuo dalle estreme degradazioni, è lecito temere che i figli generati nel periodo dell'incontinenza, portino, nascendo, i germi di un progressivo indebolimento. Se vi ha paese cui siano necessarie le società di temperanza questo è l'America. Ma nel loro zelo virtuoso esse danno in pratiche barocche e puerili e si alienano colla intolleranza l'animo della gente veramente temperata. Il caso intanto sembra tenere le parti dei bevitori. Durante il mio soggiorno in America, i giornali fecero un gran parlare di un'agape astemia bandita dai bigotti e più dalle bigotte dell'astinenza, dove, per non so quale inquinazione delle acque, tutti i commensali furono assaliti da coliche violentissime e ne morirono parecchi. Pensiamo, le risate degli alcoolisti!

Anche le leggi intervengono, uscendo dall'ambito loro, a governare i costumi. Ma quando la legge esorbita, l'inganno e la frode le stanno ai fianchi. In parecchi Stati dell'Unione è inibita la vendita delle bevande fermentate. Ma la sorveglianza dei pubblici ufficiali si ristà alla forma dei recipienti, onde avviene che si spaccino impunemente vino, birra e liquori, colla sola avvertenza di tenerli entro i bricchi e le caffettiere invece che nelle bottiglie e di mescerli entro le chicchere, invece che nei bicchieri. Gli Stati che non inibiscono in modo assoluto la vendita delle bevande alcooliche, ne limitano lo spaccio ai soli giorni feriali. La domenica, nella stessa New-York, sono chiusi tutti i Bar e le birrerie. Chiusi, intendiamoci, in apparenza e la porta maggiore; ma se vi prenda sete del più velenoso fra i liquori, rivolgetevi a bassa voce e con rinforzo di qualche moneta d'argento al primo policeman in cui v'imbattete. Egli vi indicherà con un gesto il passaggio secreto che mena al Bar più vicino. Così per voler soverchiare il suo compito, la legge si chiarisce insufficente e diventa argomento di corruzione civile. A Gloucester nello Stato di Massachusetts , la derisione della legge fu condotta, nel tempo ch'io stavo in America, ai termini estremi. Una birreria molto frequentata di quella città, soleva la domenica affiggere alle pareti delle sue sale dei cartelli con questa scritta: In respect for the law ask for Ambrosia (Per rispetto alla legge, domandate: Ambrosia). S'intende che a chi domandava Ambrosia, era mesciuta birra, ma la maestà della legge era salva ed il birraio non ci pativa.

Chi entri nei Bar entro le dieci di sera ci trova un po' più fitta la stessa folla che dicemmo dianzi, ed a primo vedere non avverte nel suo aspetto nessun notevole mutamento. Sono pur sempre quegli uomini, alti, asciutti, eleganti e regalmente infiorati, se non che a guardar bene, la loro compostezza apparisce ora più dovuta a sforzo volitivo che a grazia naturale. Non stanno più eretti sulla persona ma impettiti, non ritti ma impalati, le loro faccie hanno un'espressione violenta, si direbbe che bevano con disgusto, costretti. Durano gran tempo inerti tra la folla come in piena solitudine, ignari di quanto li circonda. Nessuno più discorre, nemmeno sottovoce, col vicino. Quel luogo chiaro, pieno di gente taciturna, è più sinistro delle nostre infime taverne.

Ricordo di essere entrato in compagnia di alcuni europei nel Bar dell'Hoffman house la notte delle elezioni dello Stato di New-York. I due partiti che si contendevano il governo avevano posto il loro quartier generale nei due alberghi quasi attigui della piazza: Madison square. I democratici al Fifth avenue hotel, i repubblicani all'Hoffman house. Tutta la sera la gran piazza era stata gremita di popolo in attesa delle notizie elettorali che una specie di lanterna magica rifletteva in caratteri cubitali sulla immensa parete nuda di un teatro. Alternavano, ricordo, le notizie delle elezioni cogli annunzi industriali: - Il tal candidato ebbe in Albany 10 mila voti. - E subito dopo: - Se volete delle solide calze andate in Broadwai al tal numero. - Ogni annuncio di voti era accolto, a seconda delle parti, da strida, da clamori, da imprecazioni e da fischi. Entrammo nel Bar verso l'una dopo la mezzanotte.

C'era una tal ressa che tutti i presenti si puntellavano a vicenda. Credevamo di trovarci l'eco delle recenti battaglie, dispute e concioni, i soliti segni della concitazione pubblica. Era un silenzio glaciale. Tutta gente in tuba, in soprabito nero, un fascio di milioni se non pure di miliardi, ed un aspetto funereo che metteva freddo nell'ossa. I repubblicani avevano vinto, eravamo fra i trionfatori. Questi dunque gl'inni della vittoria? Sulle prime, nel pigia pigia dell'entrata, noi stranieri ed ignari ci guardavamo ammirati di così misurato contegno. Ma poi! Occhi smarriti ed imbambolati, labbra cascanti, una rigidezza scomposta nei lineamenti, pallori inquietanti e su tutti i visi l'unghiata formidabile del veleno.

L'ultimo giovedì del novembre si celebra negli Stati Uniti il Thanksgiving day (giorno della resa di grazie), la festa bandita ogni anno dal Presidente dell'Unione, per ringraziare la Divinità dei beni concessi nell'annata. Erano quel giorno in New-York gli studenti delle due università di Yale e di Princeton, le più celebri d'America, convenuti per una gran gara al pallone che aveva divisa in due parti tutta quanta la città imperiale. Fino dalle prime ore della mattina, i quartieri centrali, in luogo di mostrare là squallida nitidezza che è attributo i giorni festivi di tutte le città americane, disertate dagli abitanti, erano più del solito popolosi e chiassosi. Si leggeva su tutti i visi una aspettazione gioconda e quella disposizione alla dimestichezza comunicativa che i giovani portano con sè dappertutto ed irradiano anche sulla gente matura. L'immensa metropoli pareva mutata in piccola città universitaria, tanto si associava alla vita degli studenti. Tutti i cittadini d'ogni età e d'ogni condizione, uomini e donne, portavano o sui cappelli, o sul braccio, o alla cravatta, o all'occhiello i colori di una delle due università, a seconda delle simpatie e delle scommesse. Yale era gialla. Princeton azzurra. Davanti le case, gli alberghi ed i clubs, immensi carozzoni scoperti, a quattro, a sei cavalli, infiorati ed inghirlandati di giallo o d'azzurro le ruote, i sedili, la groppa e la criniera, aspettavano le comitive dirette al campo della gara. Le brigate degli studenti scorazzavano da padrone tra la folla che si apriva plaudente ed augurante al loro passaggio. Era una festa tutta gentilezza, dedicata al fiore della gioventù americana.

La gara seguì, stupendo e ordinatissimo esercizio di forza e di destrezza. La sera, le vie ed i teatri brulicavano di studenti, ma il fiore d'America s'era avvizzito e spandeva odore d'acquavite. Irrompevano a forza nei teatri e vi spadroneggiavano con durezza. Non vi portavano il motteggiare delle nostre scolaresche in festa, le quali se disturbano l'attenzione delle pacifiche platee, danno in compenso spettacolo di salace giocondità, ma un tempestare assordante in nota unica e continua, che esprimeva l'immobilità delle loro menti intorpidite. Non sorrisi, nè risate. La loro prepotenza non attenuata da nessuna grazia, pareva di soldatesca conquistatrice. Per le vie barcollavano briachi di una ebrietà tenebrosa senza raggio di gaiezza. I meno funerei stamburavano a voce, curando di camminare in misura, ma la voce ed il passo erano affatto indipendenti l'uno dall'altra e si accordavano solamente nel ribellarsi ognuno per suo conto al rudimentale impulso volitivo ond'erano mossi. La voce rendeva suono di tamburo allentato per funerali, un suono così scomposto e stentato che pareva esprimere il delirio di un paralitico. Quale differenza dalle nostre canzoni bacchiche briose ed audaci e dalla esaltazione sottile e verbosa che sale al cervello dai nostri vini! Ed il passo! Un bimbo di tre anni avrebbe stramazzato a terra il più vigoroso di quegli atleti. A tarda notte molti giacevano come corpi morti, sui marciapiedi.

Questa brutalità di vizio appartiene in eguale misura alle classi ricche ed alle povere, anzi tenuto conto della qualità delle bevande e del loro potere innebriante il quale cresce in ragione inversa della bontà, si può ritenere che sia maggiore in quelle che in queste. È noto che dai clubs più fastosi, molti fastosissimi soci, poichè vi entrarono a piedi, escono nelle ore piccine portati a braccia dai domestici, i quali li cacciano in carrozza e giunti a casa li spogliano e li mettono in letto, senza ch'essi diano segno alcuno di rinvenimento.

Io giudico che l'americano sia più amante dell'ebrietà che del bere. La proposizione può parere paradossale, ma non è. Non mi avvenne mai di vedere un americano, intendo degli alcoolisti, centellinare un bicchierino di liquore e mostrare di assaporarne l'aroma. Si direbbe anzi che al loro palato disgusti l'acredine alcoolica e che costretto all'ufficio di imbuto esso si affretti a liberarsi dell'ingrata sostanza. Essi non bevono, tracannano. A vederli accostare alle labbra il calicino e versarlo di scatto, si capisce che la colonna liquida deve piombare serrata nelle fauci senza diffondersi a toccare le papille. L'atto non è infatti accompagnato da nessun segno di compiacenza. Cupi e fissi bevitori essi giungono all'ebrietà senza passare per l'ebrezza. La loro ebrietà non è una cima, è un pozzo; non vi salgono grado grado, inconsapevoli: vi si avventano con deliberato proposito. Bisogna dire che alle loro menti, pur tanto energiche e sempre affaticate dietro i traffichi ed i guadagni, faccia difetto l'energia che sa comandare il riposo e sospendere l'applicazione intellettuale. Da ciò il bisogno violento di paralizzare con aiuti esteriori l'attività cerebrale. O forse consci della invincibile seduzione alcoolica che tanto tanto li trascinerebbe alle ultime cotte, nella loro impazienza delle sensazioni estreme, amano a risparmio di tempo, arrivarci di un colpo. È la stessa sessualità grossa che ho già notato altra volta e che si palesa per mille vie, sdegnosa delle delicatezze indugiatrici, amante di quanto è enorme ed eccessivo.

CAPITOLO V.

Un'intervista. - Divagazioni. Altre interviste.

Appena ebbi messo piede in New-York, il direttore di teatro che mi aveva chiamato in America, mi fece avvertito che la sera stessa sarebbero venuti ad intervistarmi i redattori teatrali dei maggiori giornali. Già al mio passaggio in Parigi un corrispondente del N. Y. Herald, mi aveva minutamente richiesto di notizie biografiche e del mio modo di pensare intorno al teatro moderno. Richiesto, sul secondo punto, non con domande categoriche, ma per via di una conversazione ch'egli dirigeva con grazia volubile ed esperta, mettendoci molto del suo e mostrandosi colto ed arguto conoscitore della letteratura drammatica d'ogni paese. Mi era rimasto di quel colloquio una impressione graditissima, quantunque mi fossi più volte accorto di non farci la prima figura, perchè dell'arte, chi la pratica, non sa parlare con quella larghezza generalizzatrice che riesce tanto bene a quelli che la considerano fuori di sè e sono avvezzi a classificarne i modi e le tendenze.

Mi era sopratutto piaciuto il fare sciolto e spregiudicato di quell'americano che per lunga abitudine aveva preso dai parigini la prontezza delle sintesi sentenziose nelle quali però, a differenza dei francesi, non si rinchiudeva, ma che andava invece enunciando con un accento leggermente canzonatorio, adoperandole come una sorta di linguaggio abbreviativo da doversi usare ed intendere con molte restrizioni mentali. Nel suo ragionare e nell'uso che faceva della copiosa e diversa coltura, c'era una gioviale ironia, e nei suoi giudizi, sotto la veste dei modi condiscendenti, quasi uno smalto di generale irriverenza. Non che fosse irriverente a parole, ma si capiva che nessun nome, per quanto glorioso, lo abbagliasse, e come anche rispetto alle opere più celebrate e che egli stesso lodava in più larga misura, la sua ammirazione fosse sempre vigilante e veggente. E di ciò pareva contento ed inorgoglito.

La cecità ammirativa, da non confondersi colla ostinazione orgogliosa e coll'esclusivismo settario, è una gioia generosa conceduta a pochi; essa appartiene agli spiriti contemplativi, solitari, amanti del sacro eroico silenzio, come lo chiama il Carlyle, e non agli industri spiriti stimolati ed indoloriti dal continuo contatto colle moltitudini. Ho trovato di poi negli Stati Uniti, nei non pochi uomini di molta e varia coltura che mi avvenne di avvicinare, una grande affinità d'ingegno col mio intervistatore parigino. Quanta originalità nel giudicare le cose dell'arte e della vita! E a differenza della gran maggioranza dei loro concittadini, quanta arguzia, quanta inattesa e delicata tenuità nelle loro osservazioni! Una tenuità non frivola e non superficiale, fatta di acume penetrante e non so quale freddezza astinente. Una ironia diffusa su tutte le cose, uno spirito d'esame tranquillo ed inesorabile, una facondia precisa e gioviale, una leggera diffidenza reticente più spesso tradita dall'occhio e dalle pause che dalla parola, danno ai loro discorsi un sapore intellettuale veramente gustoso. Parlo, s'intende, degli uomini colti oltre il comune, in qual sia ramo di coltura e dati alle applicazioni scientifiche e letterarie, delle quali non fanno nessunissima mostra, scevri come sono di quel fare professionale o professorale, che un poco anche presso di noi e più in Francia ed in Germania, tradisce il carattere e si mostra al tema dei discorsi, al frasario, al tono, all'accento, al gesto e perfino al vestire. Quanti conobbi in America, letterati e scienziati, tutti mi parvero gente del comun vivere, colla quale, a non conoscerla, potreste discorrere più ore e più giorni senza nemmeno sospettarne le occupazioni e la notorietà.

Ricordo una sera deliziosa passata all'Italian Home (Istituto italiano di beneficenza), in New-York. A questa benefica istituzione assiste gratuitamente un collegio medico italiano assai numeroso, al quale nei casi gravi e complicati, soccorre con volonteroso e gratuito concorso un collegio consultivo composto delle più celebre sommità cliniche della metropoli. Ogni anno i fondatori, i direttori ed il collegio medico dell'Italian Home, offrono ai professori americani componenti il collegio consultivo, un modesto e cordiale ricevimento nelle sale a terreno dell'Istituto. Il ricevimento termina in cena e la cena in discorsi. Ma questi non sono, come avviene di solito presso di noi, compassati, solenni e retorici, bensì sciolti, arguti, conversanti e piacevoli oltre ogni dire. La sera ch'io assistetti alla bellissima festa, al primo saluto e benvenuto officiale di un direttore italiano, risposero uno dopo l'altro quasi tutti i convitati americani. Non mi avvenne mai di notare a banchetti europei una così generale prontezza, chiarezza, precisione e semplicità di parola.

Presso di noi la facoltà di esprimersi in pubblico in modo dilettevole è tanto rara che attribuisce a chi la possiede una speciale ed invidiata notorietà. In America essa è si può dire universale fondamento del vivere sociale. Le prime scuole la sviluppano e l'educano nei fanciulli con frequenti esercizi di esposizione orale e di letture ad alta voce. Presso di noi, la vita pubblica considerata nella sua azione comunicativa e persuasiva è privilegio di pochi e prende ben presto una veste professionale. In America essa è di tutti ed è esercitata di continuo, non ostante la differenza delle condizioni, in una perfetta e reale eguaglianza di diritti e di relazioni. La molteplicità degli uffici elettivi, la critica liberissima di tutti i poteri, le formidabili concorrenze che inducono formidabili associazioni di forze continuamente scosse e rinnovate, il bisogno continuo di attirare l'attenzione dei più e di accaparrarsene il consenso fanno della parola persuasiva e del ragionare chiaro e ponderoso, un istrumento indispensabile di riuscita in ogni ramo dell'attività umana. Perciò ivi l'azione non va scompagnata dalla parola ed anzi la parola è principio, modo e spesso argomento di azione.

Nei paesi dove il parlare in pubblico è di pochi, gli oratori sono tenuti in pregio più per le qualità formali che per le sostanziali. La facilità, la continuità imperterrita, l'abbondanza dell'eloquio e perfino la rotondità enfatica del fraseggiare, meravigliano gli ascoltatori incapaci di mettere insieme in pubblico quattro proposizioni continuate. Noi siamo facilmente indotti ad ammirare quello che non sapremmo fare, per il solo fatto di non lo saper fare. Quante volte non ci avviene, nelle assemblee, nei circoli, ai banchetti, ascoltando un facile oratore, di sussurrare nell'orecchio di un vicino fidato: come parla bene quell'imbecille! E in fondo in fondo, ed in quel momento, la proposizione contiene più elogio che censura. Non voglio già dire che in America il numero degli imbecilli sia minore che in casa nostra: certo è maggiore quello degli imbecilli che parlano bene, ma perchè il parlar bene è qualità comunissima, nessuno li loda di ciò che ognuno saprebbe fare al pari di essi.

Eliminata per lunga abitudine la preoccupazione della parola, la concentrazione intellettuale è intesa tutta al pensare, all'argomentare. In generale, la facondia degli americani non è un'arte, è uno strumento; essa è assai più dialettica che oratoria. Non mancano neanche là, gli oratori sbracciati, pomposi, reboanti e congestionati. Mi parrebbe ingratitudine non menzionarne uno che fra le innumerevoli eccentricità ond'ebbe fama in quel paese dove gli uomini eccentrici si contano a migliaia, possiede anche quella di essere amantissimo dell'Italia. Dico possiede, ma non so s'egli viva ancora. Io lo conobbi vecchio ed ho come una oscura reminiscenza d'aver letto che è poco, la notizia della sua morte. Nel dubbio mi è caro darlo per vivo, tanto più che al mondo non vive certo il compagno. Mister Francis Train, geografo, come egli scrive nelle sue carte di visita, ha fatto tre volte il giro della terra, il tempo in cui non che in ottanta giorni, non lo si compiva a suo modo in ottanta settimane. Fu una volta candidato alla presidenza degli Stati Uniti, è creatore di città, scopritore di terre, fondatore di religioni e profeta. Ha, dice un suo manifesto, il cervello di venti uomini, l'energia di cento, il magnetismo di un Dio. Lo stesso manifesto enumera le azioni pratiche e positive ch'egli ha compiute. «Legò insieme i continenti, colla prima linea di piroscafi fra Boston e Liverpool e fra San Francisco e l'Australia. Inaugurò il sistema delle tramvie in Londra. Diede all'America la prima linea ferroviaria fra l'Atlantico ed il Pacifico. Aprì alla civiltà milioni di acri del più fertile verde tappeto di Dio e dove scorazzavano tribù selvaggie, insediò popoli operosi e civili.» Visse dieci anni in volontario silenzio, nel Central Park di New-York, vestito di bianco, mite e carezzevole ai fanciulli ed agli animali, non avverso agli adulti, ma ricusando con essi ogni sorta di commercio e di contatto. La gente accorreva a vederlo ad ogni ora del giorno passeggiare lungo i viali o sedere sull'erba, solitario, pensieroso, muto e sorridente. Vecchio, fece ritorno alle vie popolose, riprese la vita frammezzo alle genti e si diede a prediche e conferenze morali, sociologiche, scientifiche, umanitarie, ma rifatto inesauribile discorritore, una sua religione gli inibisce di toccare mai corpo umano, e di essere toccato. Di questa sua astensione, che non è ripugnanza, non dà avviso nè motivo. Quando io lo conobbi e gli porsi la mano, egli portò con rapido moto le sue due mani dietro la schiena ed alla mia meraviglia non rispose altrimenti che con un sorriso illuminato di bontà e di cortesia. Parla, a credergli, tutte le lingue ed i dialetti del genere umano, e non parla ch'io sappia, ma intende tutte le lingue degli uccelli. I suoi ritratti giovanili, arieggiano, ma con più energiche fattezze, quelle di Giuseppe Giusti; vecchio, ricorda il buon Pietro Cossa, se non che i bianchi baffi incerati, il vestire sportivo e l'immancabile e vistoso ciuffo di fiori all'occhiello gli danno, e Dio sa che non gli conviene, un'aria posticcia di seduttore impenitente.

Questo meraviglioso uomo è, astrazion fatta dal senso dei suoi discorsi, il più grande oratore ch'io abbia mai inteso e ch'io possa imaginare; un magico vocalizzatore di suoni articolati, di accenti, di inflessioni espressive, sostenute e fatte più intense da magnifici gesti, da accensioni fulminanti e da carezzevoli soavità dello sguardo, dalla mobilità dei lineamenti, da subitanei pallori e rossori, da pause intenzionali, da sorrisi maliziosi, da un lume d'anima effuso su tutta la persona. Un sordo a vederlo parlare, un cieco a sentirlo, intenderebbero del suo discorso quanto ne intendono quelli che ci vedono e ci sentono, e la conoscenza della lingua diventa in tanta magniloquenza di suoni, un mezzo d'intendimento affatto superfluo. Io pensai più volte che se il Poë lo avesse inteso, ne avrebbe tratto uno dei suoi più misteriosi racconti. È un demoniaco dell'oratoria. Non c'è ascoltatore così refrattario che gli resista, non c'è così acuto spirito che lo segua. È vuoto il suo discorso o troppo pieno? A sentirlo viene fatto di domandarsi se egli non dica forse troppe più cose e più alte di quante la nostra mente possa concepire e contenere. Quando è invasato e arroventato dal démone, egli coglie i nessi fra qualità ed essenze disparatissime e trova ed esprime analogie che a nessuno avvenne mai di avvertire. Il fondamento dell'ideazione non consiste forse nell'afferrare le relazioni delle cose? Ed il migliore ideatore, non è forse quello che scopre le più remote ed in apparenza inafferrabili? La parola: «assurdo» non ha valore permanente fuorchè nelle matematiche pure; fuori di queste essa esprime solamente il grado attuale della nostra ignoranza. A tale stregua tutti gli ascoltatori di Francis Train non possono a meno di riconoscersi grossamente ignoranti in tutte le cose umane e divine. Ma non sarebbe giusto farne carico proprio a lui, che solo forse, ci vede addentro e lontano. D'altronde fino a che dura il turbine delle sue parole, chi lo ascolta, sale con lui oltre i miseri termini del ragionevole e del razionale. Il moto vorticoso ch'egli induce nel nostro intelletto sembra spiazzare un lume non mai prima raggiato sull'universo sensibile e sull'ultrasensibile. Peccato che sia lume fatuo più presto svanito che balenato. Chi dura al suo discorso prova una deliziosa crescente sensazione di leggerezza volante. Si direbbe che gittate via come inutile ingombro tutte le nozioni positive e con esse la ragione, l'esperienza, la senzazione delle cose reali, il senso pratico ed il senso comune, la mente vuota e quasi imbiancata a nuovo, possa finalmente compiere la sua naturale funzione, accogliendo e rimulinando un pulviscolo caotico d'idee.

Oratori energumeni hanno pure in America le società di propaganda religiosa, fuori delle confessioni universalmente riconosciute e quelle di propaganda igienico-morali intese a diffondere l'uso dei cibi vegetali ed a combattere l'alcoolismo. Ma la loro grossa e plateale verbosità si riscontra tanto spesso, benchè con diverse applicazioni in Europa, che proprio non torna il conto di parlarne. Quel buono e pudibondo santone di Francis Train mi ha allontanato dal cenacolo dell'Italian Home, dove forse qualche psichiatra avrebbe fatto al suo caso, ma bisognava pure parlare anche di lui, perchè è altrettanto insolito all'Europa il suo sproloquio a grande orchestra, quando vi è insolita l'arguzia penetrante e casalinga dei dottori miei commensali.

I francesi possiedono per lunga tradizione accademica e mondana una facondia misurata ed incisiva, che li rende gustosissimi parlatori a commemorazioni, a cerimonie inaugurali, a dissertazioni letterarie ed a discorsi in fine di tavola. Ma le loro improvvisazioni hanno sempre un leggiero sapore di formulario e perfino la grazia vi è spesso metodica. Finchè discorrono da stare a sedere ed a mezza voce, il loro fraseggiare ha la schietta fragranza dell'impensato e dell'inatteso: ma non appena sorgono in piedi ed elevano il tono vocale, il loro eloquio, anche se estemporaneo, tradisce le reminiscenze letterarie e si informa ai buoni modelli.

Già in generale tutti quanti abbiamo più spirito a bassa che ad alta voce, e seduti che in piedi, e l'originalità degli americani di cui sto parlando, consiste appunto nel non fare differenza nessuna dal conversare alternato in crocchio, al parlare solo e ritto ad ascoltatori seduti ed attenti. Li vedo ancora e mi par di sentirli gli oratori propizianti alla cena dell'Italian Home. Si alzavano risoluti, mettevano le mani in saccoccia come per inibirsi ogni gesto e prendevano a discorrere dondolandosi leggermente sulle gambe. La varietà del loro accento non erano mai di accrescimento tonico, ma di attenuazioni. Fino dalle prime parole si capiva che le idee si porgevano loro nette e chiare, perchè sono nette e chiare la loro mente e le loro nozioni, ma affatto impreparate così rispetto all'ordine come rispetto all'espressione. Nessuno mai di quegli artifizi sviatori che piegano il discorso verso una arguzia preconcetta. L'arguzia usciva dal naturale svolgimento del pensiero spontanea e necessaria ma schioppettante in motti, ma connaturata coll'idea, e circolante, come sangue vivace, per tutte le membra del discorso. Ogni oratore, tranne il primo, prendeva lo spunto da qualche proposizione dell'oratore precedente, per modo che correva dall'uno all'altro una concatenazione di argomenti, cui davano varietà e rilievo le osservazioni individuali. Come nelle nostre campagne usano alle merende mandare in giro, d'uno in altro commensale la coppa colma del vino paesano, così andava in giro a quella cena, quasi una coppa colma d'idee, dove ognuno pescava quelle più confacenti alla sua indole e le tingeva poi del proprio colore.

Questo procedimento, dà alla serie dei discorsi un piccante carattere di giostra intellettuale e rimuove la possibilità ed il sospetto delle improvvisazioni mandate a memoria. L'uditore assiste per così dire al lavorìo mentale onde ognuno dalle idee che gli sono proposte, è costretto a trarre di subito il migliore partito. Le idee già ordinate e formulate nella nostra mente, non hanno altro organo espressivo che la parola, mentre invece quelle che vi si vanno ordinando e formulando associano a sè tutto l'essere nostro, ragiano dallo sguardo, illuminano il sorriso, ed esitando brevemente nella urgente ricerca del vocabolo istesso una intensità ed una precisione singolare di significati. Fra i godimenti intellettuali nessuno è più delicato e vibrante del vedere nella mente degli altri l'idea affacciarsi, misurare il campo che le è concesso e poi affidarsi con giovanile baldanza alla parola. Nei discorsi premeditati le giunture delle idee sono ad arte levigate e rese invisibili. Ma come nei tram elettrici, l'asta che deriva la forza scorrendo liscia sul filo conduttore, quando intoppa nei giunti del filo, ne fa sprizzare una scintilla, così nel pensare e nel parlare veramente estemporaneo avviene che ad ogni nuovo incontro d'idee, la proposizione già avviata riceva quasi una scossa che balena nell'occhio e trema nella voce dell'oratore. E allora la compiacenza del nuovo sussidio e l'energia intesa a giovarsene si palesano in lui a mille segni accrescitori ed anticipatori della parola.

Ma questi sono pregi universali del parlare improvvisato, che si riscontrano in tutti i paesi della terra; mi sono lasciato andare a notarli discorrendo di oratori americani, perchè in America non mi avvenne di sentirne pur uno, e ne intesi molti, che non mostrasse ad indubbi segni una schietta e fresca estemporaneità di parola. Caratteristico mi parve invece in essi, il modo di quella loro incredulità cui ho accennato fin da principio. Ma la parola incredulità dice troppo o poco. Meglio che incredulità attuale, vorrei chiamarla: previsione generica di doversi un giorno ricredere su tutte le cose attualmente credute. Non si tratta di uno scetticismo che attenui in essi il consenso e la fede in quanto è oggi tenuto in conto di verità, no; la verità attuale, rifletta essa le scienze sperimentali o le politiche, od i modi artistici e letterari (lascio da parte la metafisica perchè non mi occorse mai di parlarne), la verità attuale prende nelle loro menti un carattere di tranquilla certezza e le move a praticarla con sicura energia. Solo sanno, che la verità d'oggi, non è quella di ieri e non sarà quella di domani, quantunque destinata a cedere il posto ad una successiva. Alle prime questo pare un linguaggio anfibologico, ma non è. Non è indifferente pensare che lo spirito umano proceda per via di successive verità, piuttosto che di successivi errori. In sostanza la cosa viene a dire che i concetti di verità e di errore non sono assoluti, ma relativi e negli effetti pratici se ne induce la conclusione che ognuno deve aver fede nel tempo in cui vive e prenderlo sul serio ed agire in esso con sicurezza. Ogni verità anche se transitoria è una forza. I dubitosi non producono bene perchè agiscono tepidamente. Chi crede che l'azione che egli va compiendo corrisponda al vero, ci spende attorno la massima somma di energia ed opera senza esitazioni e senza mollezze. D'altra parte il sapere che il vero non è eterno nè immutabile, rimove il pericolo degli acciecamenti ostinati e dell'intolleranza. E perchè la sicurezza è rasserenante e giocondatrice, quegli spiriti hanno una gaia contentezza del presente ed una gaia aspettazione del futuro e la loro ironia, scevra affatto di amarezza, si esercita tanto a spese delle fedi immobili, quanto del dubbio permanente.

In un punto poi l'ironia di quegli elettissimi fra gli americani, mi parve singolarmente gustosa. Nella consapevolezza che essi hanno del concetto in cui noi europei li teniamo, e nel bonario compatimento che ne fanno. Qui proprio, ho trovato nel loro spirito il segno di una tranquilla e signorile superiorità ed ho provato più volte al loro cospetto quella mortificazione che si prova nel riconoscere d'aver male giudicato di una persona che non si risente del nostro giudizio, ed anzi con pacata saggezza, se lo spiega e lo perdona.

Un certo, non dirò maligno, ma arguto piacere lo provano a metterci in discorsi d'arte, nei quali sanno che presumiamo di noi in modo eccessivo come di cosa che ci appartenga. Ci danno corda, ci stimolano con ingenue domande e con sorrisi di compiacenza; non vorrei che non si dilettino del nostro discorso, ma più si dilettano di vederci mordere all'amo e tener cattedra aperta. È così facile cascarci, anche gli uomini meno verbosi e meno presuntuosi, viene così naturale a chi si trova in paesi lontani, di soddisfare minutamente alle curiosità che i forestieri hanno del nostro paese, e si obbedisce ciò facendo ad un sentimento, dove entrano in dose tanto eguale, la vanità patria e la cortesia, se pure quest'ultima non prevale, che proprio c'è poco merito a tendere la trappola ed a far presa. Ma bisogna anche dire che i trappolatori mostrano del piccolo e facile trionfo, una compiacenza così misurata e deferente e la mostrano a così tenui segni, che non c'è modo, anche chi se n'accorge, d'aversene a male. Tanto più che in fondo, di quella curiosità e di quella malizia, c'è il riconoscimento di una nostra singolare perizia e quasi la confessione di una loro inferiorità. Questo è certo ad ogni modo, che se ai nostri discorsi d'arte fanno la tara, dimostrano però colla pratica verso la produzione artistica europea, una predilezione che li rende spesso ingiusti a quella del loro paese. Ho notato, con molta maraviglia, anche in persone coltissime, una inesplicabile indifferenza rispetto alla loro arte nazionale, della quale ignorano o poco apprezzano, gli stessi più celebrati prodotti a noi ben noti, mentre conoscono ed esaltano molti europei di pari valore.

Il Pöe ed il Bret Harte hanno più larga fama in Europa che in America, e vi sono assai più stimati. Gente che conosce ed ammira il Père Goriot, les Contes Drolatiques, Consuelo e Lelia, non serba nessuna memoria del Corvo, dello Scarabeo d'oro, del Romanzo della Mummia e degli indimenticabili Racconti Californesi. Ciò fa assai più meraviglia degli ammiratori del Balzac e della Sand che di quelli dell'Ohnet e del Gaboriau. Che la gente di palato grosso, prediliga i cibi grossolani e non curi dei delicati, si capisce, ma non riesco a concepire come gli americani colti e riflessivi possano tenere in poco pregio le opere squisite e sincerissime del Pöe e del Bret Harte, solo perchè non provengono d'oltre oceano, ma sono nate e fiorite nel loro paese.

Nelle classi poi di media coltura, questo esotismo letterario ed artistico, è davvero stupefacente. Gli uomini eleganti, gli uomini d'affari anche se politi e curiosi a sfoggio di raffinatezze, di ogni cosa appartenente all'arte, si mostrano rispetto alla importazione artistica europea, creduli e magnificanti oltre misura. I nomi che in alcun modo ottennero fama di qua dell'Atlantico e giunsero a risonare anche di là, vi sono profferiti con accento di sacro ossequio e magnificati senza far differenza di qualità nè di gradi. Si discorra di una celebre mima, di un trasformista di caffè concerto o di Vittor Hugo, di Giuseppe Verdi o di Alessandro Dumas, sono le identiche esclamazioni ammirative. E l'ammirazione per questi ultimi è affatto indipendente dalla conoscenza, nemmeno nominale, delle opere loro. Anche di queste conoscono, se non altro il titolo, ma non saprebbero a chi attribuirle. Ho inteso molte persone di conto e perfino dei giornalisti adibiti alla cronaca ed alla critica teatrale, esaltare il Dumas ed il Sardou e la Signora dalle Camelie e la Tosca, ignorando che quelli ne fossero gli autori. La Signora dalle Camelie, sia detto fra parentesi, non è nota in America sotto il suo vero titolo. Il pubblico ed il manifesto la chiamano: Camille. Il fiore caro a Margherita Gauthier suona in inglese Camellia. Camille non designa dunque il fiore: e non la protagonista che seguita a chiamarsi Margherita. Perchè quel titolo? E come avvenne che il pubblico non cercò mai le sue relazioni col dramma? E non trovandole, come avviene che se ne appaghi? Ho inteso dire che lo stesso segue anche a Londra. Singolare vicenda del dramma più popolare del nostro secolo! Oramai nei teatri della razza anglo-sassone, che sono circa la metà dei teatri del mondo, il nome Camille è legato per sempre ad una nazione drammatica colla quale non ha nulla ha che fare. Un segno grafico, un numero, le converrebbero del pari: il titolo è diventato una mera designazione convenzionale.

Ma ben altro argomento di maraviglia mi furono le rappresentazioni teatrali in lingua francese cui assistetti negli Stati Uniti. E devo dire che anche a ripensarci dopo che il tempo e la riflessione mi hanno fatto capace di tante cose sulle prime inesplicabili, non mi riesce di darmene ragione. Come mai le famose attrici europee, quali la Sarah Bernhard e la Duse, possano conseguire in America quel costante, universale e fruttifero consenso di pubblico che ve le richiama tanto spesso con immancabile fortuna. Gli americani non sono poliglotti. Al più le numerose colonie tedesche primeggianti in alcuni Stati del centro, conoscono e parlano colla propria anche la lingua inglese. Ma la francese vi è in scarso uso ed in più scarso l'italiana, se ne togliamo le numerose schiere operaie che non frequentano di certo i teatri a caro prezzo. E quei rari americani che studiarono il francese e quei rarissimi che studiarono l'italiano, ne appresero bensì le forme grammaticali ed impararono a leggere stentatamente qualche libro dallo stile piano e scorrevole, ma non riescono a parlarlo nè ad intenderlo parlato. Al mio primo giungere in America, io masticavo a mala pena qualche parola d'inglese; sempre quando, mi occorreva di conversare con un americano, lanciavo invariabilmente questa domanda iniziale:

- Do you speak French sir?

Di venti volte, diciannove mi sentivo rispondere un: Ohh noo, con tante h all'Oh e tante o al No, da centuplicare la negazione. Quando capitava la ventesima che mi ribatteva un yes sir (timido, per vero), io mi ringalluzzivo tutto e mi disponevo a versare sul malcapitato fiumi di parole, per risarcirmi della parsimonia verbale usata cogli altri. Ma fin dalle prime, seguiva che il mio interlocutore non interloquisse o lo facesse con sì penoso sforzo mentale, labiale e gutturale che mi metteva in pensiero della sua salute. Ed il francese mozzicato che esalava dalla sua bocca contratta ed a lungo spalancata, mi tornava assai meno comprensibile che non l'inglese arrotondato di quegli altri, onde gli proponevo a modo di amichevole componimento che egli parlasse inglese ed io avrei parlato francese. Ma sì! Il mio francese, e non per mia colpa ve lo assicuro, riusciva a lui tanto ostico quanto a me il suo e più ostico assai del poco inglese suggeritomi dagli antichi studi interrotti e dai recenti frettolosi. Prova e riprova si finiva là dove s'avrebbe dovuto cominciare, coll'intenderci male nella lingua del paese, quando pure non si seguitava a non intenderci affatto, e qui il torto era mio perchè paese che vai lingua che trovi.

Dico dunque che il pubblico americano non intende verbo alle lingue che la Bernhardt e la Duse parlano e cantano in modo tanto delizioso. Della Duse questo segue benchè in minore proporzioni anche in Europa, quando viaggia e recita in Germania, in Russia, in Francia ed in Inghilterra; ed anche alla Bernhardt è somma grazia se, dalla Russia e forse dall'Italia in fuori, di mille spettatori, cinquecento intendono a modo tutte le sue parole. Ma qui esse portano intorno commedie e drammi già noti in ogni città per via di traduzioni cento volte rappresentate dagli attori locali. Il pubblico che sa la commedia e ne ricorda i punti salienti può seguire e gustare la interpretazione dell'attrice, s'anco questa parli una lingua ch'esso non conosce o poco.

In America, la Bernhardt ad ogni nuovo giro suol portare uno o più drammi nuovi ed il repertorio della Duse, salvo la Signora delle Camelie, vi era, quando essa vi andò la prima volta, affatto sconosciuto e si può ben dire che sconosciuto rimane. Come fa il pubblico a seguire l'azione scenica, a misurare l'efficacia espressiva dell'attrice, a coordinarla ai movimenti drammatici? Gli impresari curano che insieme col biglietto d'ingresso ogni spettatore riceva, mediante un prezzo supplementare, un sunto della commedia o del dramma, esposto in forma narrativa colla divisione in atti ed in scene. Ma questo è per lo più redatto bestialmente in modo inintelligibile. Di tutte le scene dove la protagonista non interviene, l'esposizione è scarna ed arruffata; di quelle dove essa primeggia, son minuziosamente descritti, non i movimenti intrinseci, ma i modi interpretativi dell'attrice ai quali è profuso lo sproloquio laudativo proprio degli infimi giornali teatrali. Vi si legge ad esempio: «Qui la Tosca (o Cleopatra o Giovanna d'Arco che si voglia) fa quel famoso gesto, esce in quel celebrato scatto di voce, cade, sorge, traversa il palco scenico nel tal modo, col tale atteggiamento che mossero il pubblico europeo ad irrefrenabili applausi e furono lodati dai sommi oracoli della critica parigina.» Ma il perchè di quel gesto, di quel grido, di quella caduta e di quella mossa, non è detto, nè accennato, nè dalla confusa narrazione del soggetto si potrebbe altrimenti indovinare.

Ho assistito in una piccola città di cui non ricordo il nome, tra Cincinnati ed i laghi centrali, ad una stupefacente rappresentazione della Tosca in lingua francese. Una città nata appena, anzi sul primo nascere, e nata e nascente, non da un nucleo centrale che vada via via allargandosi e sviluppandosi e salendo di villaggio in borgata e di borgata in città, ma invece a pezzetti sparsi ed interi, frammezzati anche nei quartieri centrali da larghe distese di terreni coltivi. Uno schietto prodotto americano ultra incivilito ed ultra primitivo: un tratto di via sontuosa con palazzoni mirabolanti e botteghe metropolitane e tram e telefoni, poi un campo seminato oltre il quale la via ripigliava imperterrita le sue urbane gradigie. Sotto le finestre del mio fastoso albergo una banda di pellirossi cenciosi, pennuti e magnifici suonava delle arie di operette. Dietro le invetriate del Window sporgenti si vedevano rosicchiar confetti le stesse eleganti signore che oziano in quotidiana mostra dietro le verande di New-York e di Chicago. Per le vie passano attillati nel soprabito a doppio petto e col cappello a staio, uomini membruti capaci di spezzare uno scudo coi denti e colle dita e di sollevare un peso di cinque quintali. Una processione massonica spiegava al vento stendardi e labari a immagini simboliche e sfoggiava sul petto degli iconoclasti repubblicani croci e medaglie da disgradarne i diplomatici peruviani delle farse. Un numeroso stato maggiore di generali in grande parata, con elmi a pennacchio, spallini ed alamari d'oro lucente, sbatacchiando lunghi e curvi sciaboloni e soffiando come mantici entro inverosimili trombe dorate, precedeva un'insegna dove era magnificato non so quale estratto di carne della ditta X, Y and Company. Da tutti gli aspetti, da tutte le azioni, da tutti i suoni, si rivelava nella sua macchinosa impazienza l'America milionaria, brutale ed incompiuta.

La compagnia della Sarah Bernhardt vi dava una recita sola. Giunta sul mezzodì da Cincinnati, doveva ripartire per Détroit in treno speciale, non appena terminato lo spettacolo. Ho fatto anch'io durante quindici giorni quella vita di zingaro principesco. Accompagnavo la compagnia per assistere alle prove di un mio dramma. Si viaggiava dalla mezzanotte fino a giorno inoltrato, a volte fino al mezzodì. La Bernhardt colla famiglia, aveva un vagone regale con due o tre cabine, un salone, una cucina ed un delizioso terrazzino a invetriate. M.r Abbey l'impresario occupava un altro vagone poco dissimile, del quale cedeva a me un minuscolo quartierino composto di una cameretta col suo bravo letto, di uno studiolo e di un gabinetto di toelette. Al resto della compagnia erano dati due vagoni Pullman. Quando si dimorava due giorni nella stessa città il convoglio fermo in stazione su qualche binario appartato era il nostro albergo. Al primo giungere si correva in teatro per le prove: lo spettacolo cominciava alle otto di sera e terminava verso le undici.

Quella sera dunque, gli attori stavano vestendosi per la Tosca, quando l'impresario venne ad avvertire si sollecitasse la recita dovendosi partire alle undici precise. Bisognava quindi che lo spettacolo terminasse poco dopo le dieci. Cominciare subito non si poteva perchè ancora mancava il pubblico, gli intermezzi bastavano a stento ai mutamenti di scena e di arredi; unico rimedio sfrondare il dramma senza pietà, cucire insieme a dispetto del senso artistico e letterale tutte le scene dove interviene la protagonista, menar di forbici in tutte le altre e parecchie sopprimerle addirittura. A queste amputazioni i comici, i suggeritori ed i régisseurs hanno una grande destrezza e sono parati ad ogni momento. Ci si piega di mala voglia la Sarah Bernhardt, dotata com'è di una rigorosa coscienza artistica e rispettosissima del testo letterario. Ma questa volta l'urgenza imperiosa ne vinse gli scrupoli ed anzi il disgusto dello sconcio inevitabile, la indusse in una rabbia demolitrice che non conobbe più freno nè legge. Poichè profanazione doveva essere, avesse almeno una artistica enormezza. Così una virago poichè vide la sua casa demolita da una banda di facinorosi, impotente alla difesa, nel furore disperato mette di sue mani il fuoco alle travi perchè meno duri l'orrore della distruzione.

Non posso ridire lo scempio che si fece di quella povera Tosca. Gli atti erano presi d'assalto come una fortezza smantellata e da ogni parte rovinavano come massi smossi o come tese di muraglie rovesciate, brani di dialogo e scene intere. I personaggi scorazzavano pazzi attraverso un dramma insensato. A mezzo d'una scena, per saltare di un colpo nella successiva se il personaggio che vi doveva agire non era presente, uno degli attori che stavano recitando, si faceva sulle quinte e lo chiamava per nome ad alta voce. E quello accorreva ed usciva a casaccio in un dialogo improvvisato a soggetto, finchè non gli riuscisse di afferrare un capo del filo drammatico mille volte spezzato e mille volte riannodato a nodi grossi e lenti. Io stavo in poltrona godendomi il delirio frenetico dei comici e più la bevuta larga degli spettatori. Quando fummo alla scena famosa della tortura, dove la Tosca smania ed urla alle grida ed ai gemiti del suo Mario, la Bernhardt dimenandosi e contorcendosi come un'ossesso, in luogo di profferire le parole angosciose del testo, prese a nominare strepitando i personaggi del mio dramma, finito di provare poco innanzi che cominciasse la recita. Dovetti fuggire per non smascellarmi dalle risa, mentre il pubblico rapito e commosso non si ristava dagli applausi e dalle acclamazioni. E tutti quanti, tenevano in mano e leggevano negli intermezzi il loro bravo sunto sceneggiato nel quale non era cosa che discordasse dall'azione che andava scatenandosi sul palcoscenico, e concordavano invece nella assoluta e fondamentale assurdità dell'uno e dell'altra.

S'intende bene che un tale massacro artistico non potrebbe impunemente seguire nelle grandi città colte e civili dove i teatri accolgono insieme col grosso dell'indigena, anche il fiore della popolazione forestiera ed i pochissimi americani poliglotti. New-York, Boston, Filadelfia e più ancora Washington, mandano alla prima rappresentazione di un dramma francese, un pubblico intenditore ed esigente. Ma alle seconde e alle successive occorre il sussidio della traccia riassuntiva che fa incomprensibile a tutti quello che era solamente incompreso dai più.

Un vago sospetto di queste cose ce l'avevo innanzi di recarmi in America. A bordo poi della Bretagne m'era venuto per le mani uno di quei sunti, quello appunto della Tosca e n'ero rimasto atterrito. Non appena l'impresario m'ebbe annunziato le interviste di tanti redattori teatrali, pensai tosto di giovarmene, interrogandoli a mia volta, ed ammonendoli del barbaro scempio che si fa in America delle opere drammatiche importate d'Europa. In massima, non ho nessun gusto per le interviste. Esse non servono per lo più che a far dire o ad attribuire cose scempie ad uomini che saprebbero a scriverne ed operarne delle sensate. Ammetto e comprendo le interviste politiche provocate ad arte dall'intervistato ed intese a propalare quella dose di verità o di falsità che giova al momento ed a promuovere le smentite autorevoli sul punto più vero. Ma se l'equivoco può giovare qualche volta alla politica, all'arte nuoce sempre e quello che un artista pensa dell'arte, deve apparire dalle sue opere e non risultare dal processo verbale di un interrogatorio. Di solito poi le interviste letterarie ed artistiche, hanno una applicazione ad hominem del tutto sconveniente. Un signore che non conoscete, viene di punto in bianco a domandarvi per mandarlo alle stampe, che ne pensiate del tale autore e della tale opera; cose che è tanto facile argomentare a priori: si pensa male dell'uno e peggio dell'altro, onde l'intervista non fa che distillare veleno zuccherato. Nulla è più indiscreto del costringere un galantuomo ad essere o finto o scortese e quello che da sè non direbbe, farglielo gridare dai tetti a comodo professionale di un giornalista. Senza contare che quando non diffama una terza persona, l'intervista riesce troppo spesso diffamatoria all'intervistato, se pure non cumula le sue diffamazioni. In questa sorta d'inchieste a me non avvenne mai di trovar poi stampato quello che veramente avevo detto. Non è molto, un valoroso critico francese, poichè m'ebbe oltre un'ora tempestato di domande categoriche, mi fece annoverare fra i romanzieri italiani viventi Cesare Cantù, ch'io non avevo neppur nominato e che era morto due anni addietro.

Non ostante questa avversione fondamentale, l'idea di trattenermi in discorso di teatro, coi meglio redattori teatrali di New-York mi dava piacere e ne speravo un gran bene. C'era bensì la difficoltà della lingua, ma era appena arrivato e mi duravano molte illusioni sul francese degli americani, e devo pur confessarlo sul mio proprio inglese. Ad ogni modo pregai un colto e gentilissimo giornalista italiano, il signor Salvatore Cortesi, da due anni residente in New-York, perchè mi assistesse al cimento. Alle otto di sera cominciò la sfilata. Avrei voluto e speravo di poter raccogliere ad un tempo due o tre di quei signori, che sarebbe stato un mezzo assai più comodo, più sbrigativo e profittevole di allargare la conversazione e di volgerla a' miei fini. Ma non ci fu verso. Venivano, uno alla volta, aspettando il secondo che il primo se ne fosse andato, ed il terzo, che se n'andasse il secondo. Entravano, salutavano, sedevano:

- Do you speak French sir?

- Oh, noo!

Allora porgevo loro un bicchierino di Wisky e il buon Cortesi spiegava come non ostante la mia profonda conoscenza, diremo, letteraria, della lingua inglese, non avessi l'abitudine di parlarla, e si profferiva interprete. Quelli gradivano e cominciavano l'inchiesta.

- Mister Giacosa è italiano? Quanti anni? Ha scritto un dramma in lingua francese? Dove dimora in Italia? Quando ne partì? Ha fatto buon viaggio? Ha sofferto durante la burrasca? Bella New-York? Ha veduto il ponte di Brooklyn? Gli piace? Che cosa pensa di Sarah Bernhardt? Conosce Mascagni? Che ne pensa? Conosce Tamagno? Che ne pensa? Favorisca dirci il titolo del suo dramma. Storico? Epoca? Racconti il soggetto.

E non c'era modo di sviarli un palmo dal loro interrogatorio, formulato in domande asciutte, con una compitezza di modi grave ed astinente, con un linguaggio professionale e quasi abbreviativo. Mentre io rispondeva ad una domanda, essi registravano la traduzione che il Cortesi aveva fatto della precedente. Terminata l'inchiesta, gradivano il secondo bicchierino, salutavano me ed il Cortesi con forti strette di mano e se ne andavano com'erano venuti con ineffabile impassibilità. Cinque volte mi toccò rispondere a domande su per giù equivalenti, cinque volte dovetti io esporre per sommi capi il mio dramma, ed il buon Cortesi voltarne in inglese la narrazione. Di che si giovarono le mie cognizioni linguistiche assai più che dalla lettura del manuale di conversazione e di una settimana passata a tradurre: l'ombrello del mio vicino, ed il temperino del mio maestro. Perchè a udirlo raccontare sempre compagno, così com'io l'esponevo con disperata uniformità, mi si fissavano in mente molti termini dapprima ignorati, e quasi proposizioni intere. E devo pure aggiungere ad onore dell'intelletto umano il quale sa fare diverse le cose somiglianti, che dai cinque identici racconti uscirono l'indomani altrettanti relazioni affatto dissimili l'una dall'altra e dissimili tutte dall'originale. Alle nove e mezzo, il quinto redattore se n'era andato, io cascavo dal sonno e morivo dalla voglia, dopo tante notti vegliate a bordo sui sofà della sala da pranzo, di riposare finalmente in un buon letto in terra ferma. Si rimase un quarto d'ora in attesa se mai capitassero altri, poi il mio ottimo interprete prese licenza e mi lasciò solo. Già stavo spogliandomi quando picchiarono all'uscio e mi portarono un biglietto di visita. Era il sesto. E mi mandava col biglietto di visita, una letterina dell'impresario che gli fissava l'intervista per le dieci di sera. Impossibile rimandarlo, tanto più che l'indomani io dovevo partire per Chicago dove si trovava allora la compagnia. E poi mi confortava il pensiero che partito il Cortesi il nostro colloquio sarebbe stato di necessità assai breve e tale da potersi sostenere colla mente insonnita. Avanti dunque.

Era un giovane sui trent'anni molto elegante, ed all'aspetto più aperto e più comunicativo dei suoi compagni.

- Do you speak french sir?

- Oh noo!

- Do you speak italian?

- Ohh nooo!

- But I do not speak english-at-all.

- Oh you speak very-well!

E si mise a sedere accanto al fuoco, coll'aria di una vecchia conoscenza, soddisfatta dell'incontro. Gli offersi il Wisky più coll'atto che colle parole, e m'industriai di persuadergli che proprio non mi era possibile sostenere una conversazione in inglese, e posso ben dire che ogni mia proposizione, era una prova luminosa della mia sincerità. Ma egli studiandosi di pronunziare chiaro e spiccando con benevola lentezza ogni parola, seguitava a dirmi tutto sorridente che avrebbe voluto conoscere la mia lingua come io conoscevo la sua, che tutto stava cominciare, che se a me non dava noia, egli avrebbe avuto piacere di trattenersi con me più di quanto sarebbe occorso a due spediti parlatori. Mi offrì un eccellente sigaro d'Avana, ne accese uno di suo, e prese ad interrogarmi.

M'ero svegliato del tutto e in fondo sentivo che la scena era gustosa per sè stessa, ed il mio interlocutore piacevole ed interessante. Finchè si rimase sulle prime inchieste: il viaggio, l'arrivo, l'impressione che mi aveva fatto New-York; fino a che infine egli potè metterci molto del suo, le cose andavano a maraviglia. Io accennavo in modo approssimativo, egli afferrava, integrava e suggeriva, ridevamo insieme dei miei spropositi ch'egli correggeva con molto garbo, ne scattavano osservazioni piene di sapore; mi dilettava lo studio ch'egli faceva ad esprimerle in forma elementare e rimanendosi in una poverissima copia di vocaboli, e glie ne ero grato; insomma, mi persuadevo sempre più che la parola non è il solo nè il migliore mezzo di comunicazione fra gli uomini e che intanto nel caso nostro se avessimo tutti e due parlato speditamente, non sarebbe uscita dai nostri discorsi quella corrente di simpatia che usciva dallo sforzo scambievole e dal comune desiderio di vincere la stessa prova.

Ma quando venne la volta del dramma, mi sentii proprio cascar l'animo. Mai e poi mai avrei saputo raccontarne disteso l'intreccio. Il suo non era giornale del mattino, usciva, mi disse egli stesso, sul mezzodì: gli suggerii di leggerne l'esposizione sui giornali mattinali che l'avevano intesa dal Cortesi. Mi rispose ridendo che ciò non gli conveniva, e che d'altronde tutti ne avrebbero fatto una relazione monca e confusa.

- Preferisco capir male quello che mi dite voi, che bene il male che avranno capito quegli altri. -

Allora mi venne un'ispirazione. L'albergo dove ero alloggiato, si chiamava l'Hôtel Martin: il proprietario era un francese. Suonai il campanello e domandai al cameriere se fosse in casa il padrone. Mi rispose che il padrone era uscito, ma che c'era il maître d'hôtel, il direttore della tavola.

- È francese il maître d'hôtel?

- Sissignore.

- Pregatelo di salire.

Il mio giornalista capiva e se la godeva sorridendo incredulo. Venne il maître d'hôtel, in abito nero e cravatta bianca, grave, grasso, pelato e nobile. Lo pregai di sedere, di stare a sentire attentamente quello che gli avrei raccontato e di raccontarlo a sua volta in inglese; proposizione per proposizione a quel signore lì presente. Mi fece un cenno di condiscendenza e cominciai il racconto. Ne fu subito sbalordito, tradusse alla meglio la descrizione della scena, guardandomi però con aria sospettosa, fiutando qualche mal tiro. Rassicurato, raccolse tutte le sue forze per seguire il filo della narrazione; ma quanto più egli si faceva attento ed intento, tanto più sentivo salire in me una ilarità irrefrenabile e la vedevo luccicare di gioia infernale nella pupilla dell'arguto americano. E già mi crucciavo della risata imminente, quando il malcapitato interprete si levò e con una faccia attonita, sincera e quasi umile, come di uomo che vede cosa al disopra di ogni sua concezione, mi disse queste testuali parole:

- Monsieur, jamais je ne pourrai raconter ça à monsieur, je suis a New-York depuis trois mois, mon anglais se borne aux beefteaks, aux pommes de terre, aux omelettes et aux vins de Champagne. Ainsi vous permettez... - E se ne andò senz'altro.

Per farla breve, dopo aver riso tutti e due dell'avventura, con una fraternità degna di più chiare comunicazioni verbali, il dramma lo raccontai io. E lo raccontai in inglese, richiamandomi alla mente parole e frasi del buon Cortesi, ricorrendo al gesto, ai passi, ai moti, alle figurazioni sceniche. Eravamo tutti e due eccitati e vogliosissimi, io di esprimere, egli di comprendere e nell'intenso raccoglimento mentale avveniva a lui di preavvertire certi svolgimenti dell'azione, di cogliere, prima ch'io li enunciassi, certi movimenti dell'animo dei personaggi; e la certezza di essere compreso, raddoppiava in me l'efficacia espressiva, mi faceva audace ad arrischiare termini posseduti in modo dubbioso e che il più delle volte si trovavano azzeccare proprio nel segno.

Com'ebbi finito, era passata da un pezzo la mezzanotte; egli si levò, elogiò con effusione il mio dramma ed il mio racconto, prese il cappello ed una scatoletta che aveva deposto entrando sopra una seggiola presso l'uscio, e mi disse ancora qualche parola, che o soverchia fiducia nel mio inglese, o dimenticanza, profferì tanto serrata ch'io non l'intesi. Credetti mi ringraziasse e m'inchinai complimentoso. Quale non fu il mio stupore quando lo vidi girare le chiavette delle due lampade a gaz che brillavano sulla caminiera! In un attimo nella tenebra lampeggiò un fascio di luce bianca e vivissima, udii lo scatto di una molla e compresi che egli aveva sparato la sua macchinetta fotografica. Riaccese il gaz, mi ringraziò e se ne andò contento lasciandomi contento di lui, e quasi soddisfatto di me.

CAPITOLO VI.

Da New-York al Niagara. (Appunti di viaggio).

In treno. - Scrivo questi appunti mentre il treno vola da New-York a Buffalo. Il verbo volare dice la velocità e la deliziosa sensazione di moto ondulato che danno le molle di queste impareggiabili vetture. Non tremori nè sossulti, ma uno scivolare dolce con alterni, larghi e tenui sollevamenti come di onda. Seggo ad un tavolino fornito di ogni bisognevole per scrivere, di fianco ad un'ampia finestra dai vetri puri e tersi, onde lo sguardo spazia largo sulla fuggente campagna e ne raccoglie nitidi gli aspetti. Non tutti i viaggiatori godono, s'intende, di queste singolari comodità, ma tutti se le possono procacciare mediante il prezzo supplementare di un dollaro al giorno. Il treno ha una sola classe di posti, ma non già all'uso europeo che ammette ai treni direttissimi le sole vetture di prima classe, bensì all'americano che non consente differenze di classe mai. Solo si fanno, ad uso degli emigranti, che vanno per lavori manuali in gran numero ad una unica destinazione, certi treni speciali a prezzi ridotti e di modesta ma non incomoda fornitura.

La linea che sto percorrendo è la New-York Central, la quale rimonta sulla riva sinistra il corso dell'Hudson, e per Albany capitale dello stato di New-York, e per Buffalo e costeggiando il lago di Erié fino a Toledo mette capo a Chicago. Il treno è tutto composto di lunghissime vetture uscite dai cantieri del Pullmann, di quel Pullmann, che padrone di una intera città operaia chiamata col suo nome, ascrisse a grande ventura l'esser nominato cavaliere della Corona d'Italia, tanto sono ghiotti di onorificenze straniere questi iconoclasti americani che non ne vollero istituire in casa loro. Sono in viaggio da tre ore, e già ho potuto notare ed accertare questo fatto caratteristico: che le stazioni, i ponti, i viadotti, le trincee, tutte le opere stradali nelle quali noi profondiamo tesori per dar loro in realtà od in apparenza una secolare stabilità e per abbellirle con disarmonici finimenti, sono qui costruite con asciutto accorgimento del loro uso e della loro durata. Ciò prova che gli americani hanno del viaggiare un concetto più progressivo del nostro. Le nostre opere definitive sembrano attribuire alla industria dei trasporti uno sviluppo maturo, le loro provvisorie le mostrano non uscita ancora dal periodo iniziale. Quando si rifletta che è viva e non decrepita molta gente che potè vedere l'esperimento della prima locomotiva, e moltissima che ricorda l'incredula ilarità onde ne fu accolta la notizia, si è indotti a credere che gli americani siano più giudiziosi di noi. Le rozze e disadorne opere stabili, ed il sontuoso apparecchio delle vetture, mostrano come essi intendano alla comodità ed al lusso, dove questi possono indurre un sensibile accrescimento di benessere, e non curino di attenuare i disagi, là dove la loro attenuazione non scemerebbe in modo sensibile la somma delle impressioni sgradevoli.

È chiaro che la noia delle minute brighe che ricorrono nello attraversare le stazioni non è punto attenuata dallo attendervi in locali tutti marmi, affreschi e dorature, anzichè sotto una tettoia ischeletrita e nuda come la baracca di un accampamento. Ed è chiaro del pari che il viaggiare in vetture spaziose, alte, bene aerate l'estate, bene riscaldate ma non soffocanti l'inverno, il potervi sgranchire le gambe camminando su e giù, per via di passaggi coperti, quanto è lungo il treno, lo stare coi fumatori quando fumate, ed il passare in più spirabil aere quando avete smesso, il mutare di posto e di vicini, l'avere sempre in ogni vettura, ad ogni momento, a portata di mano, un bicchiere d'acqua pura e ghiacciata, il potere scrivere lettere e telegrammi su carta e con penne ed inchiostro forniti dalla azienda ferroviaria ed impostarli affrancati mentre il treno corre, sicuri che alla prima fermata, fosse d'un minuto, essi saranno debitamente raccolti ed avviati al loro destino, il trovare all'ore prefisse e senza dovercisi strozzare per la fretta, nè scendere di carrozza, e non cari, i pasti quotidiani, e la notte, senza squattrinarsi dei letti dove dormir fra le coltri, e la mattina un buon lavabo rinfrescatore, ed allo scendere, un moro che vi spolvera e spazzola i vestiti, sono altrettanti positivi e ponderabili accrescimenti di benessere.

Questo Parlor-car dove sto scrivendo ha due scomparti. Uno, il maggiore, dato al conversare, l'altro allo scrivere ed alla lettura. Qui scrivanie fisse e sedie giranti come alle tavole dei piroscafi, là poltrone mobili che i viaggiatori dispongono a piacimento, o appartandosi a goder le vedute, o in circoli serrati per conversare, e tavolini leggieri per servizio di caffè e di liquori. Libri, giornali, riviste illustrate sparsi intorno a profusione. Gran lastre di cristallo formano i fianchi del vagone, onde par di viaggiare all'aperto.

Bello e maestoso l'Hudson, largo quanto il lago di Como, corrente fra piccole montagne frastagliate da mille seni, piombanti qua e là a picco nell'acque, coronate di foreste impenetrabili, spianate sui fianchi da morbidissimi prati. È il mese d'ottobre. Le foreste hanno un rosso colore di fiamma viva, assai più ricco e fastoso del nostro giallore autunnale, e così robusto che sembra esprimere la pienezza vegetativa della giovane estate. Si direbbero oleandri o rododendri in fiore. Sotto il cielo verdognolo del crepuscolo, sui prati smeraldini, sull'acque grigie e rotte, quella gagliarda fronda purpurea, rende come bagliori di incendio. Ai nostri occhi è un paesaggio inverosimile ed eccitante. Nel fiume ondoso come laguna in tempesta, vanno e vengono di continuo vapori, velieri, zattere macchinose per enormi cataste di alberi e guizzano temerarie barchette. Fischi, rombi, squilli, grida, voci, echeggiano di continuo nell'aria. Sulla riva opposta del fiume, passano ogni dieci minuti convogli interminabili, dal pennacchio fumoso che sale pei colli e si lacera e svanisce nelle rosse fronde. S'avventano nei tunnel, ne sbucano, s'imbattono fuggenti per opposti versi, salutandosi con rauchi ruggiti rabbiosi. Sui promontori, o sulle spianate del monte qualche villa a guglie dorate, o gruppi di alberghi imbandierati. Nessun casolare e pochi villaggi, e quei pochi, distesi allineati in desolata uniformità, le case a dado, tutte d'una forma, di una misura e d'un colore, altrettante vite individue, senza comunione di vita. In una stradicciuola fra i prati, vedo camminare un uomo alto, ed un ragazzino di otto anni forse, tenendosi per mano: s'avviano verso una fila di case schierate a mezza costa ed hanno l'aria di dimorarvi tanto ci vanno con passo posato ed abitudinario. A chi attraversa come io faccio, in gran furia, un paese lontano ed ignoto, tali sprazzi di vita intima e tranquilla, fanno un senso di malinconica meraviglia. Qui poi al paese intorno manca ogni aspetto domestico. La campagna solitaria non mostra visibili traccie dell'opera agreste; non domata, non ingentilita dalle colture, non scompartita in poderi, non rigata dai solchi, essa esprime la solennità augusta delle forze primitive.

L'americano è in viaggio accostevole, facile e piacevolissimo compagno. Non importuno ad attaccar discorso, è premuroso a fornire notizie intorno ai luoghi, alle industrie, alle genti, alle usanze ed ai costumi. Non ostante il formidabile orgoglio ond'egli si tiene di gran lunga superiore agli europei d'ogni nazione, egli non sa nascondere un senso di riconoscente compiacenza nell'imbattersi in europei curiosi di visitare il suo paese. Ne ascolta con deferenza le critiche discrete, si beve beato l'elogio che cerca per modestia di attenuare quasi a ricambio di cortesia. Brusco e duro, dicono, agli affari, gli ozi forzati del viaggio lo tornano gaio e senza pensieri.

Nel dining car il caso mi colloca quarto ad una tavola, con tre signori di magnifico aspetto. Oggi stesso il New-York Herald ha pubblicato un mio ritratto, e mi ha annunziato viaggiante alla volta di Chicago. Io desino in silenzio: essi discorrono allegri in inglese, con quell'accento arrotondato degli americani, che ne rende bensì più chiaro l'intendimento, ma non quanto basti alla mia scarsa conoscenza della lingua ed all'assoluto difetto di parlata. Tuttavia ad un punto, più agli occhi che alle parole, mi pare di accorgermi che essi accennino alla mia persona. Alle frutta, uno di essi ordina una bottiglia di Champagne, ed il moro, al suo cenno, ne mesce a me pure.

- Bella Italia, - mi dice quel signore, levando il bicchiere. Il saluto, il nome della patria, l'inattesa cortesia, mi danno una scossa al sangue. Mi ravvisarono alla imagine pubblicata dal giornale. Quegli che ordinò lo Champagne è di origine italiana, e non remota. Si chiama Rapallo (bisogna sentire com'egli pronunzia quel nome) ed è giudice a New-York. Suo nonno venne giovane in America da quella città ligure onde portava il nome e non rimpatriò mai più, e già il figlio ignorava affatto la dolce lingua paterna, figurarsi il nipote. Tuttavia, il ricordo dell'antica terra Enotria ch'egli non conosce, lo mosse a salutarmi col biondo vino. Chissà da quale infantile fondo di memorie, egli trasse le parole: Bella Italia! - Quale suono ebbero per me quelle parole! - Certo nella nostalgia che mi opprimeva, un vero ed attuale italiano e parlante con purezza la lingua italiana, non mi avrebbe dato a vederlo ed a discorrere tanta poetica gioia, quanta me ne diede quell'americano stupito forse di trovarsi sulle labbra il nome della avita patria obliata.

Alla stazione di Buffalo. - Noto la storia delle origini di questa città veramente americana. Sul principio del nostro secolo, un quacquero caritatevole ed immaginoso escogitò un ingegnoso mezzo di far danaro. Egli mandò in giro con firme false cambiali per il valore di dieci milioni, che pagò puntuale alla scadenza mediante nuove maggiori emissioni. Largo, anzi magnifico spenditore, prodigo di ricchezze ai compagni, impiegò le somme così carpite, alla costruzione di una città sulle rive del lago Erié. Ma a mezzo dell'impresa, fu scoperta la frode, ed al quacquero tradotto in giudizio, toccarono dieci anni di carcere. Spirato il termine della pena, i compagni che nel frattempo avevano trovato modo di compiere le fabbriche da lui iniziate si recarono in folla alla prigione ad accoglierlo uscente. Lo portarono in trionfo per le vie acclamandolo fondatore e padre della nuova città. Se Buffalo produrrà e meriterà un Tito Livio, come ne saranno narrate le origini?

Détroit sul lago St. Clair. - Bella città ridente e pulita senza stridori di macchine nè fumo di opifici. E delizioso albergo questo Russel Hotel donde dalla finestra della mia stanza, nello sfondo della via breve e spaziosa, vedo il lago, ed oltre il lago, i tenui colli della riva canadese. Città riposante dove nulla colpisce in modo eccessivo, nè gli occhi, nè la mente, e riposante albergo non servito Dio grazia, da quei frenetici mori che s'incontrano in quasi tutti gli altri alberghi americani e vengono tosto a noia per i motti a scatto e la screanzata famigliarità. Non ostante l'uguaglianza dei diritti sanzionata dalle leggi, negli Stati del Nord, i mori sono tenuti in condizione di assoluta inferiorità ed adibiti ad opere servili. Mentre nella Virginia, nella Carolina, nella Florida, nell'Alabama, nel Mississipi s'incontra moltissima gente di colore in condizione civili e non poca ricchissima, che vive a paro a paro coi bianchi ed anche li spadroneggia, negli Stati di New-York, nella Pensilvania, nell'Illinois, nel Massachusset perdura, rispetto alla razza negra, un sentimento di ripulsione violento ed invincibile. Molti alberghi di Boston, di Filadelfia, di Washington respingono gli avventori negri anche se ci capitano con gran sfarzo, con un codazzo di servitori ed a suono di dollari d'oro. E sì che gli alberghi americani, così impersonali come sono, sanno più di piazza pubblica che di casa privata.

Gli alberghi americani meritano davvero un cenno speciale. Di gran lunga più perfetti e più economici dei nostrani, quando il viaggiatore si pieghi agli usi del paese, essi riescono incomodi e costosissimi a chi voglia viverci all'europea. I nostri sono informati al pregiudizio aristocratico anzi plutocratico che governa ancora in Europa quasi tutte le relazioni del minuto commercio. Presso di noi chi spende il danaro è persuaso di stare al disopra di quegli che lo riceve in cambio di prestazioni d'opera e di prodotti. Chi mette mano alla borsa, suole assumere per lo più una cert'aria di degnazione protettrice e pretendere dal fornitore , in aggiunta della merce, una dose di riconoscenza. In America lo scambio del danaro colle opere e coi prodotti non modifica in nessun modo il profondo sentimento di eguaglianza che è in tutti i cittadini dell'Unione. Dai più umili ai più fastosi negozi l'avventore è accolto con grazia, ma senza smancerie premurose. Dove qui s'incontra una premura servile, là se ne incontra una servizievole. Così nell'entrare all'albergo non inchini, non sberrettamenti, non sorrisi adescatori del proprietario o dei suoi commessi. Se all'albergatore occorrono i clienti, a questi occorrono l'alloggio e la tavola: pari pari ognuno dà, ognuno riceve. Le ragioni di contatto fra il viaggiatore ed il personale direttivo e quello di servizio, vi sono ridotte ai minimi termini. L'albergo americano è ordinato a modo di una grande macchina ingegnosissima e spedita, che ogni viaggiatore deve saper mettere in moto. Le prestazioni personali fuori del movimento normale vi hanno un'azione tarda ed impacciata e conducono ad un aumento notevole di spesa. Il viaggiatore ha a portata di mano quanto occorre a' suoi bisogni, ne faccia profitto e basti a sè. Presso di noi il proprietario od il conduttore dell'albergo, e più il portiere, esercitano sul viaggiatore, una specie di tutela continua e domestica, che sopperisce alla sdegnosa ignoranza della vita pratica e alla schifiltosa pigrizia della gente a modo. Il portiere dei nostri alberghi, deve fare l'ufficio di un vade-mecum universale. Vi indica i migliori magazzeni, vi suggerisce la gita più adatta alla giornata, vi consiglia lo spettacolo preferibile. Gli affidate il biglietto che un amico verrà a ritirare fra un'ora, gli date l'incombenza di pagare la carrozza che vi ricondusse a casa, lo chiamate arbitro nelle dispute che sorgessero fra voi ed il cocchiere, gli richiedete insomma mille piccoli servizi protettori, i quali vi cansano bensì noia e fatiche, ma vi impediscono la perfetta conoscenza dei luoghi che andate visitando e vi frustrano in gran parte della utilità del viaggio. Questo non può avvenire negli alberghi americani, dove tutto il piano terreno appartiene, non agli ospiti, ma al grandissimo pubblico, e dove tale è la ressa continua delle genti e l'urgenza degli affari, che quanti ci tengono uffici speciali, hanno incombenze preordinate, precise, rigorose, e non possono attendere che a quelle.

Il piano terreno degli alberghi americani è una succursale della pubblica piazza. E non parlo dell'atrio solamente, ma delle sale sontuosissime, date alla lettura dei giornali, al riposo, al conversare, allo scrivere, degli spacci di liquori e sigari, dell'ufficio telegrafico, e dei locali per lo più sotterranei destinati alla pudica pulizia ed igiene pubblica. Vi sono alberghi dove zampilla nell'atrio, a comodità di quanti passano per la via, una fonte d'acqua ghiacciata purissima, cui tutti possono attingere senza costo di spesa. Qui all'Hotel Russel è così data al pubblico una fonte d'acqua gazosa naturale. Chi aggirandosi per la città è preso da stanchezza, entra nel primo albergo che gli capita, parlo ben inteso dei maggiori, va alla sala di conversazione, che apre spaziose vetriate sulla via, e vi si adagia in comodi seggioloni. Nessuno gli domanda, donde venga nè perchè. La casa appartiene al pubblico. Gli amici, gli uomini d'affari vi si danno convegno. Chi vuol scrivere lettere, trova sulle ampie tavole l'occorrente: quando la carta venisse a mancare ne richiede al commesso che si affretta a fornirgliene in copia. L'intestazione portante il nome e la veduta dell'albergo, ripaga al proprietario la spesa con altrettanta réclame.

La retta nei grandi alberghi americani, varia dai tre ai cinque dollari il giorno, cioè dalle quindici alle venticinque lire. Ma quando si pensi che in parecchi Stati dell'Unione il minimum dei salari è fissato appunto in tre dollari al giorno, si deve riconoscere che quei prezzi non sono cari. Quando poi si ponga mente alle comodità raffinate ed al vivere lauto cui corrispondono, essi appaiono modicissimi. In New-York, costa tre dollari al giorno, la dimora, il vitto ed il servizio, al Fifth avenue hotel, o Albergo del quinto viale, uno dei più centrali, dei più sontuosi e dei meglio riputati della città. Nell'alloggio, è compreso, per lo più il bagno quotidiano. Per tre dollari al giorno, io ho qui una camera stupenda, un gabinetto uso guardaroba, un gabinetto di toeletta ed uno da bagno, dove è sempre copiosissima ad ogni ora l'acqua fredda e la calda. Il letto è congegnato in modo, da tramutarsi durante il giorno in un finto armadio. La cassa dell'intelaiatura dove stanno il saccone e le materassa, sorge girando su cardini e va ad agganciarsi alla spalliera a capo del letto, mostrando sul fondo, una larga specchiera. La camera prende così un aspetto signorile di salotto o di stanza da studio.

Ognuno può fare i suoi pasti all'ora che gli fa comodo. Dalle sette alle nove della mattina è sempre lesta una prima colazione, che comprende a scelta: the, caffè, latte, cioccolatte, carne fredda e verdure in aceto. Dalle undici della mattina alle due pomeridiane è pronto il desinare, che non è dato identico a tutti gli avventori, ma che ognuno può ordinare a piacere purchè si contenga nei limiti di una lista copiosissima, la quale comprende dai cinquanta ai sessanta piatti diversi. A nessuno è fissato il numero dei piatti. Gargantua, potrebbe, volendo, assaggiarli tutti quanti, come potrebbe, quando gli bastasse lo stomaco, desinare alle undici, ridesinare alle dodici, e ridesinare al tocco. Tutto l'ordinamento mangiatorio di quegli alberghi è fondato, come già vedemmo nei Bars, sulla buona fede del pubblico. A me, sull'entrare nelle sale da pranzo, nessuno ha mai domandato nè il nome nè il numero della camera. Entravo e sedevo a mensa, ciò voleva dire che ne avevo acquistato il diritto. Per farla breve, alle quattro è servito un lunch e dalle otto alle dieci di sera una cena, sempre copiosa e lasciata sempre agli avventori la composizione del pasto. Sono però fuori della prestazione normale, le bevande spiritose. Servono in abbondanza e senza aumento di spesa il the ed il caffè caldi e freddi, ma chi voglia pasteggiare a vino o birra deve far conto a parte e far bene i conti colla propria borsa. A noi europei quel gran costo delle bevande di cui soliamo accompagnare il cibo, riesce gravissimo. Gli americani per lo più, sono a tavola d'albergo, bevitori d'acqua pura o d'acque minerali, o di decotti. A pranzi d'invito mescono allegramente i vini rarissimi di Francia e di Spagna, o certi nuovi prodotti di California, che già rivaleggiano cogli europei. In famiglia o sono astemii del tutto o temperatissimi bevitori. Virtuoso preludio a viziose intemperanze. Quel posto in Paradiso che si conquistano coll'astinenza dinatoria, lo riperdono la sera ai Bars, od ai Clubs, dove il demonio prende le sue rivincite ad usura.

Ho incontrato negli alberghi delle minori città una curiosa usanza: ad ogni sesso è data una speciale porta d'ingresso. Gentlemen's entrance da una parte e Ladies' entrance dall'altra. E parlo, s'intenda bene, della vera porta d'ingresso all'albergo aperta sulla via, per modo che il cartello spartitore dei sessi lo possano leggere quanti vi passano. A tanto arriva dunque la bigotteria dei costumi americani? Eppure se v'ha paese dove la provvidenza legislativa ed il carabiniere esercitino sui costumi una vigilanza continua e rigorosa, questo è l'Unione americana. Chi non ha inteso parlare della tutela che le leggi americane concedono alla donna? La denuncia che una donna faccia di una violenza patita, si tratti pure di dolci violenze, è ritenuta, quando non vi siano testimonianze in contrario e quando l'accusato non riesca a dimostrare l'alibi, quale prova sufficiente del fatto. Presso di noi, in difetto di prove concomitanti, il solo diniego dell'accusato vale quanto la sola affermazione dell'accusatore, anzi in realtà vale di più perchè essa basta ad escludere il reato che questa vorrebbe stabilire. Per dirla in termini giuridici, noi ammettiamo sempre in favore dell'accusato, la presunzione juris dell'innocenza, mentre in quest'ordine di reati, l'americano ammette la presunzione juris della colpabilità. Ho inteso molti americani dirmi ridendo che in viaggio, l'inquietudine del trovarsi soli in due di sesso diverso, propria in Europa del sesso debole, negli Stati Uniti si riscontra quasi esclusivamente nel sesso forte. Un uomo danaroso, sia egli giovane o vecchio, che si trovi in vagone a tu per tu, con una donna, specie se la donna è bella, o s'incantona, si atteggia a pudibondo riserbo, e tiene gli occhi bassi come farebbe una educanda, o emigra senza più nel vagone accanto anche a costo di starci a disagio. La cosa va intesa alla grossa e bisogna farci la tara, ma in sostanza la famosa flirtation americana, fa i suoi conti sui rigori legislativi e spesse volte un bel sorriso non è che il primo atto di una procedura giudiziaria in via criminale.

I costumi secondano la legge. In nessun'altro paese, la separazione dei due sessi è così coercitiva come negli Stati Uniti d'America. - Vi sono spettacoli dati alle sole donne, vi sono Club esclusivamente femminili, vi sono caffè e trattorie nelle quali le donne sole possono entrare. Se un uomo ci capita per sbaglio o per ignoranza degli usi locali, ne lo sfrattano con garbo, ma inesorabilmente. E non è a credere che ciò avvenga per timore di intemperanze libatorie. New-York e le altre città dell'Unione sono piene di trattorie promiscue ed astemie dalle quali è bandita ogni bevanda fermentata; dove non si pasteggia che acqua e decotti. Questi ristoranti femminili sono dunque veramente androfobi per sistema.

Tali continue e patenti cautele, farebbero sospettare che l'uomo americano sia affetto di un erotismo insanabile ed irrefrenabile al quale convenga nell'interesse pubblico ed in special modo dello stato civile, opporre i rigori della legge e materiali impedimenti. Invece, a giudicarne di quanto segue nelle vie, nelle vetture pubbliche e nei luoghi di promiscuo ritrovo, io sarei indotto ad attribuirgli una pacatezza erotica rassicurante. - In Europa, dal minore villaggio alla maggiore città, quando passa per la strada una donna bella, i più si voltano a guardarla con ammirazione. Non parlo di propositi e di atti indiscreti ed irriverenti, ma di quella briosa compiacenza che prende delle cose belle quel tanto che appartiene all'aria ed alla luce. Questo non vidi mai seguire in New-York, nè in Chicago, dove gagliardissimi giovani, imbattendosi in &or di ragazze, non le degnano di uno sguardo e le oltrepassano senza avvertirne la bellezza. La quale a farlo apposta è tale che non è facile riscontro nei nostri paesi. E non si dica che quelli sono uomini seri ed affaccendati, perchè una occhiata ammirativa non fa perdere tempo e non svia dai pensieri abituali se non le menti corrotte. Anzi quelle facilità di accensione estemporanea, che lampeggia e svanisce, è propria delle genti operose e sane. E non posso nemmeno attribuire quella astinenza a rispetto, perchè l'ammirazione non è cupidigia e mentre il compiacersi della bellezza è un movimento naturale dell'anima, il rifuggirne è spesso indizio di avvedutezza viziosa ed il non ammirarla è ingratitudine. Sebbene la donna americana sia più spregiudicata e senta di sè più fieramente che in generale l'europea, essa non sdegna apparire ed assapora l'omaggio. Rammento che un giorno mentre camminavo in compagnia di un inglese, lungo il quinto viale che è ora il più elegante di tutta New-York, ci passò accanto una di quelle beltà radiose che spandono intorno la primavera. Ai modi ed al vestire si capiva che non era una cercatrice d'avventure e molte persone la salutavano con rispetto. Le donne americane, le giovani, sono più briose delle nostre; più fiorenti di salute, alte e snelle, esse lasciano apparire nell'andare spedito ed in una non so quale giocondità diffusa per tutto il viso e la persona, la contentezza di vivere. Il mio compagno era un uomo corretto e manierosissimo, ma a quel fulgore di bellezza non potè impedire che gli sfuggisse, a mezza voce, piuttosto pensiero vibrante in parole che apostrofe, questa esclamazione:

- Oh how pretty! Oh quanto bella!

La donna, già passata, l'intese, si voltò, e con moto parimenti irriflessivo rispose ridendo:

- Am I? Lo sono io?

E seguitò affrettando la sua strada: nè l'atto insolito, nè le parole invogliarono l'inglese a seguirla tanto il sorriso era stato misurato e la licenza onesta.

Le leggi e le consuetudini corrispondono più spesso a necessità passate che ad attuali. Si capisce che un popolo venuto formandosi alla maniera che tenne l'americano dovette in tempi non remoti essere sfrenato e violentissimo, e si capisce che i suoi reggitori abbiano per contenerlo raccomandato alle leggi la gentilezza dei costumi. Vige ancora in America una specie di galateo coercitivo la cui osservanza è affidata al policeman. Eppure chi ci sia dimorato alcun tempo deve riconoscere che quel popolo è di gran lunga più educato e contegnoso del nostro. Le vistose cautele sono infatti delle città e dei quartieri vecchi e fuori mano. Dove più urge la vita e splende la pulitura moderna, la promiscuità dei sessi, non sembra nè illecita nè pericolosa. Uomini e donne entrano nei modernissimi alberghi americani, per la stessa porta e nessuno cura sapere dove si spartiscano.

Détroit. - Non volli, non avrei saputo ieri, raccogliere le mie impressioni sulle cascate del Niagara. Ancora mi pareva di sentirne negli orecchi e nella mente il rimbombo. E anche oggi ancora rintronato, so meglio dire la veduta che le sensazioni ch'io n'ebbi. A chiuder gli occhi rivedo l'immenso semicerchio dell'acqua e la piccola boscosa isoletta che lo rompe in due branche disuguali. La vedo sotto il pulviscolo acqueo che le addensa intorno quasi un nimbo lunare e dà ad ogni suo profilo un tremolio adamantino. Quell'isolotto segna il confine fra l'Unione e il Canadà.

A sinistra dell'isola, la cateratta, larga un dugento metri, appartiene allo Stato di New-York, quella a destra, larga oltre i seicento, ai possedimenti inglesi. La prima rompe in linea retta, la seconda s'incurva a ferro di cavallo, e prende infatti questo nome. Sulla riva dell'Unione è la piccola città di Niagara Falls, dissimile affatto dalle sue consorelle americane e non altrimenti industriosa che per passaggio e soggiorno di forastieri contemplativi: una città, che sa di villaggio sul fare ad Interlaken e dell'altre stazioni svizzere di soggiorno estivo; grandi e sontuosi alberghi, botteghe di curiosità locali riferite alle cascate, vetture e guide per le gite d'obbligo ai punti più rinomati. Un ponte sospeso attraversa il fiume dirimpetto alle cascate delle quali ancora riceve gli spruzzi ed il vento. Alto sul pelo dell'acque oltre gli ottanta metri esso è così leggero che al primo passo che ci movete ne tremano le corde, le tavole, ed a voi l'animo ed il piede. Il soffio dell'acque lo fa oscillare di continuo: i giorni di vento esso rulla come una nave, a segno che i pedoni si reggono a stento ed i cavalli imbizzarriscono dalla paura. Dal mezzo del ponte si gode la più ampia e piena veduta delle cascate che dalle rive non appaiono intere. Bellissimo sotto il ponte e per lunga tratta a valle di esso il fiume ribollente incassato fra le sponde altissime, precipitoso ed esprimente una forza scomposta più minacciosa in vista e spaventevole che non sia quella del gran salto.

Dalla riva Canadese dove sorge sull'orlo della cascata un sontuoso albergo sempre avvolto di nebbia iridescente, lo spettacolo è veramente magico. Il muggito formidabile, il tremito continuo della terra, la gigantesca lama verdognola che pare immobile sull'abisso, la nivea schiuma che ribolle nel fondo, le nuvole che ne vaporano di continuo, le roccie brunite dalla secolare politura e rilucenti quale metallo, il volo inquieto di grossi uccelli attirati dal vortice aereo e rifuggenti con sforzi disperati e disordinati, i mille arco-baleni, vi danno insieme una sensazione angosciosa e deliziosa di annichilimento come se foste parte inerte della colossale rovina. La notte al chiaro di luna quella vista ha una seduzione mortale.

Nella bianchezza lunare la forza incomparabile dell'acque assume tutti gli attributi della lascivia e della morbidezza; l'ampio silenzio circostante lascia che sul rombo diluviale che esce dal gorgo, guizzino come saette colorate su fascio luminoso, mille suoni sottili e discontinui come cicaleggi di goccie intermittenti, singhiozzi di rigagnoli ingorgati, parole sommesse di acque sviate dal salto che sembrano rallegrarsi d'averla scampata, e non so quali subitanei battere d'ali.

Nel caso di una torre che scende come un pozzo fino al letto inferiore del fiume, un apparecchio meccanico vi cala nella voragine a mezza altezza e vi depone sopra una rovina di massi giganteschi fra i quali serpeggia un sentiero lubrico e scosceso. Sotto una pioggia torrenziale che non ha difesa di ombrelli, poichè vi s'avventa contro, così dal basso e dai fianchi come dall'alto, quel sentiero conduce ad uno stretto tunnel scavato nella roccia sotto il piano della cascata. Ad un punto, per una larga apertura della parete rocciosa, si vede la massa fluviale passarvi dinnanzi ad arco, vicinissima. La senzazione che nasce in quella vista è profonda, ma lo spettacolo non ha nessuna grandezza. Fa sgomento quel sapersi sotto a tanto volume di acque, ma di queste l'occhio non misura nè l'impeto nè la mole. Una lastra spessa di vetro verdognolo darebbe all'occhio una identica immagine. Tolto il cielo e le sponde lontane e l'abisso, circoscritta la massa acquea dagli orli rocciosi del finestrone, quella veduta, che par tanto immaginosa a parlarne, s'immiserisce ben presto fino a ricordare gli apparati scenici. - Dopo due minuti, il lembo d'acqua vi pare immobile, tanto ne sono uniformi gli aspetti successivi, ed il frastuono, non echeggiato da ostacoli lontani, non vibrante nell'aria aperta, vi dà la sensazione di una sordità per istupidimento. Al più giova entrare in quel tunnel ed affacciarsi a quella sezione di Niagara, per avere all'uscita, centuplicata l'impressione della grandezza. Ma ai grandi spettacoli naturali, non occorrono artifizi ingranditori, e non torna il conto di camuffarsi in veste di palombaro per scompartire il Niagara in casellarii, quando lo sgomento estetico che ne sperate procede dalla sua immensità.

L'inverno, il Niagara attira più gente che l'estate. Ma lo spettacolo delle cateratte ghiacciate è più curioso che imponente. Gli Europei cui sono famigliari i grandi spettacoli alpini, parlano di quella vista in tono di leggiera canzonatura. Ben altri fiumi di ghiaccio, e correnti fra altre sponde e più profondi e minacciosi, e più poderosi motori dell'animo e della mente, rompono a valle dalle creste del monte Bianco e del monte Rosa. Tuttavia nelle cateratte ghiacciate è bello vedere il fiume ancora copioso, scorrere sotto la crosta trasparente, ed udire il rombo della caduta risonare come in tubo metallico, nelle immense caverne di ghiaccio. Gli albergatori s'intende, s'industriano là pure, come in Svizzera, di snaturare le bellezze naturali con razzi di luci diverse che rinfrangendosi nelle conche, sui dorsi e sulle guglie cristalline, improvvisano visioni paradisiache od infernali ed allettano le menti posate e poco immaginose dei praticoni americani col fascino del soprannaturale.

Ma già minaccia alle cateratte del Niagara una trasformazione più reale e durevole. Per quanto sembrino sconfinate le miniere di carbone ancora intatte nelle viscere della terra americana, già ne è calcolato il possibile rendimento e la durata di esso, e già si pensa con inquietitudine al giorno, in cui quei serbatoi avranno esaurita la forza dei soli secolari. Allora converrà imprigionare tutte le acque cadenti e già si sta meditando di anticiparne l'uso a risparmio di carbone. Fu calcolato che la forza sviluppata dalle cateratte del Niagara, basterebbe a mettere in moto tutte le macchine che sono in America. Dieci anni fa, si diceva: tutte le macchine del mondo, il che prova quanto sia stato in dieci anni l'incremento delle industrie negli Stati Uniti. Di questo passo, il valore estetico delle cascate, non tarderà molto a convertirsi in valore meccanico e chissà che le ciclopiche turbine destinate a ricevere tanto urto ed a trasformare in forze formidabili e sminuzzabili all'infinito, non daranno ai sensi educati a riceverla, una impressione estetica altrettanto intensa quanto l'attuale. Noi cominciamo ora, ad avvertire la bellezza artistica delle macchine, che ai nostri padri parevano la negazione dell'arte. La bellezza delle cascate del Niagara consiste già in gran parte, nella loro espressione di forza senza pari.

CAPITOLO VII

Gli Italiani negli Stati Uniti.

Ebbi la prima notizia intorno alla condizione degli Italiani negli Stati Uniti da tre emigranti che incontrai a bordo della Bretagne. Stavamo faticosamente traversando quella plaga oceanica che a bordo chiamavano: Le trou du diable, o le trou de l'enfer, in causa della sua smisurata profondità e che sta ad una giornata di viaggio di qua dai banchi di Terranuova. La formidabile burrasca equinoziale che ci aveva tenuti bloccati al chiuso per cinque giorni, s'era alquanto quietata. Appena il Comandante ebbe fatto levare le chiuse ferrate che ci imprigionavano, quanti ancora eravamo validi a bordo, una cinquantina circa, sopra seicento passeggieri d'ogni classe, salimmo sul ponte, avidi di respirare l'aria aperta e di vedere il grande nemico. Il mare ondeggiava ancora così alto che se non fossimo pur ora usciti dal peggio, l'avrei creduto al sommo dalla tempesta.

Alla vista di un'onda larghissima che sorgeva soleggiata all'orizzonte, un contadino che mi stava vicino gridò a due suoi compagni, in piemontese e coll'accento mio canavesano:

- Té té, varda la Sèra.

La Sèra (la Serra), è una grande collina morenica che s'allinea ad oriente lungo il piano d'Ivrea e lo separa dal Biellese.

Mi voltai di scatto, e quelli seguitando a raffigurare nel maroso la patria collina, vi designavano, nei grossi fiocchi bianchi lucenti al sole, casali e paesi che nominavano giocondamente a richiamo di affetti e di memorie.

- Siete canavesani? - domandai loro in dialetto.

- Sì.

- Di che luogo?

Uno era d'Azeglio e l'altro di Caravino. - È canavesano anche lei?

- Sì, di Parella.

- Allora lei è il signor Giacosa che va in America per la sua opera.

- Appunto.

Lo avevano appreso dai giornali, sapevano che m'ero dovuto imbarcare all'Havre il 4 di ottobre e mi cercavano a bordo. Così cominciammo a discorrere e ci tornammo di poi, quanto durò il viaggio, ogni mattina. Andavano nel Texas, erano in dodici, di cui quattro donne, ma gli altri erano rimasti sotto coperta. Avevano tutti ingannato il tedio dei giorni e delle sere lunghe della burrasca, cantando.

Delle donne una era ragazza, tre avevano seco il marito. I bambini erano rimasti al paese coi nonni, perchè tutti, ben inteso, contavano di rimpatriare. Avrebbero firmato, in America, la prima e la seconda carta di cittadinanza, affermandosi, giusta quanto v'è scritto, disposti a portare le armi contro la patria d'origine.

Tutti gli emigranti, i tedeschi, gli svizzeri, gli irlandesi, i russi ed i pochi francesi, firmano quella carta perchè senza di essa non si acquista il diritto di votare, ed in America chi non ha voto non fa strada. Ma cittadini americani durante la galera del lavoro, sarebbero tornati in Italia cittadini italiani. E cittadini italiani sarebbero prima di essi giunti in Italia i sacrosanti dollari tramutati in moneta alla effigie di quel Re Umberto, che la prima e la seconda carta avrebbe loro imposto di rinnegare.

Il capo della brigata, un uomo sulla trentina, bruno, bassotto, pieno e nervoso, aveva già fatto il viaggio quattro volte. Era partito la prima volta dal paese, franco appena dalla leva, disperato e scioperato. Si era imbarcato a Genova sul primo vapore volto alle Americhe, egli non curava quale, che si trovò essere diretto alla Nuova Orléans. Era subito andato cow-boy che è come dire un misto di mandriano e di scozzone in uno degli sterminati ranchos nel Texas. Là, revolver all'arcione e spesso in pugno, a cavallo da un'alba all'altra, al vento, al sole, alla pioggia, alla neve, si era rotto alla più selvatica vita che ancora si viva al mondo da gente bianca ed alla quale i più destri sono tuttavia gli italiani ed i francesi. Poi di guardiano era salito trafficante, acciuffando e disperdendo più volte la fortuna, finchè un resto di nativa disciplina e l'amore dei suoi lontani lo avevano volto ad industrie meno bellicose. Ora si era assodato in una fattoria di cotoni e vi prosperava. Due anni or sono, in novembre, mentre stava sul lavoro, gli prese un giorno la smania di udire la Messa notturna del Natale nel suo piccolo villaggio canavesano, e partì senz'altro e fu tra l'andata

ed il ritorno un viaggio di due mesi. Venuto di poi l'estate scorsa a far gente, non in qualità di impresario che vuol trafficare, ma di parente ed amico cui preme giovare ai suoi, conduceva ora una squadra di volonterosi cui andava di continuo magnificando la prosperità della terra promessa. A sentirlo, nel Texas gli italiani sono tenuti in pregio grande, a differenza di quanto avviene negli altri Stati dell'Unione, eccettuata forse la California. La stessa cosa mi disse più tardi un tedesco dimorante in Austin, la capitale del Texas, col quale feci il viaggio da Buffalo a New-York.

Il Texas, paese agricolo per eccellenza, ha una popolazione ancora scarsa e diradata. Più vasto della Francia, conta, in tutto, meno gente che Parigi. La sua maggiore città non ha 20,000 abitanti. La maggior parte degli abitanti vive nelle fattorie e nei ranchos. Là non possono attecchire le superbe frottole dei Nuovajorchesi, esclamava il mio compaesano, e seguitava:

- Noi andiamo là per lavorare e facciamo con maggiore assiduità lo stesso lavoro che fanno gli inglesi, i tedeschi, i messicani e gli spagnuoli e viviamo la stessa vita. Nessuno guarda dove si alloggia, come si dorme, nessuno ci fa i conti in saccoccia come usano in New-York, o va sindacando se il boccone che mettiamo in bocca è pane o carne, o se è carne di prima o di seconda qualità. In New-York disprezzano quelle povere anime di italiani che vanno intorno raccattando cenci e cocci e vuotando i barili delle immondizie, ma se non fosse di quelli, la bassa città sarebbe in breve così sudicia e pestifera da non potervi dimorare nemmeno i cinesi. Ci chiamano: suonatori d'organetti, quasi che in New-York non fossero più i canzonettisti francesi ed inglesi d'infimo conio ed i clown americani che gli italiani suonatori ambulanti.

Una volta, seguitava il mio compaesano, mentre ero cow-boy, capitai in Midland, che è una stazione (non ferroviaria) in un luogo deserto nel Texas, poco discosto dalla così detta «terra di nessuno» (no man's land). All'osteria fui tirato a giuocare: c'erano parecchi miei compagni, due o tre negozianti messicani ed un grosso impresario di Filadelfia.

Io non volevo giuocare, ma tra il Whisky, le occhiate sprezzanti, le sollecitazioni minacciose e la persuasione di non poterne uscire che a revolverate, dove, solo contro dieci, avrei avuto la peggio, e la nativa indole rischiosa che invano mi sforzavo domare coll'ostinato rifiuto, alla fine ci caddi. Avevo con me il risparmio di due anni ed il frutto di certi miei piccoli traffichi, in tutto 460 dollari, cioè oltre 2300 lire nostrane in tanti scudi d'oro sonanti come usano in California, nel Texas ed in generale negli Stati meno popolosi. Poichè dovevo rischiare, volli che andassero tutti su di un colpo. Li perdetti, ben inteso, e fu affare finito e sul momento mi parve una liberazione. L'impresario di Filadelfia, che era stato dei più insistenti a stimolarmi, non aveva accettata la partita.

Era un ticchio assassino, che per spilorceria armava i pozzi delle miniere con travi tarlate e fradicie, e se ne vantava, onde già gli stavano sulla coscienza parecchi disastri. Quel colpo e la serenità con cui lo sostenni mi valsero la sua stima. Mi si avvicinò, mi porse la mano e mi domandò in tono quasi affermativo:

- French?

- No. Italian.

Mi guardò incredulo: non gli pareva possibile che un «macaroni» un «suonatore d'organetto» un «Degos,» come ci chiamano a titolo d'insulto, potesse gettar via il danaro tanto speditamente; ma si accorse che il suo dubbio mi irritava e credette: mi serrò un'altra volta e mi scosse le mani, uscendo in quelle voci nasali fra l'ah! e l'oh! che esprimono presso gli americani il sommo grado della compiacenza e della approvazione.

Se invece di gettarlo da pazzo a quelle canaglie, io avessi serbato il mio denaro per sollevare le miserie dei miei parenti lontani, in luogo della ammirazione, avrei incontrato il disprezzo di quel trafficante di carne umana. Gli altri, i miei compagni ed i negozianti messicani, mi avrebbero ammazzato piuttosto di lasciarmi astenere dal giuoco, ma se fossi riuscito a cavarmela senza giuocare, non avrei nulla perduto della loro stima. Qui è la differenza fra l'americano delle regioni agricole, ed il vero Yankee incivilito. L'assalto alla fortuna è forse nel Texas e negli altri Stati spopolati più accanito e disperato che nelle città incivilite presso l'Atlantico, ma siccome non la si può altrimenti conseguire che a costo di fatiche fisiche e di privazioni grandissime, non c'è lavoro tenuto per abbietto e non è vergogna il saper indurare, per scorciatoie, gli estremi gradi della miseria. Forse perchè mancano le occasioni di minuto e continuo sperpero, la sobrietà, la continenza e l'economia, non sono tenute in conto di vizii disonorevoli. La mala riputazione degli italiani nelle grosse città, deriva sopratutto dalla loro sobrietà e dalle loro abitudini di economia e di risparmio. Lei, signor Giacosa, esaminerà, sentirà e vedrà se ho ragione e, tornato in Italia darà, a chi vuole emigrare, il buon consiglio di rivolgersi piuttosto agli Stati agricoli che agli industriali.

Il buon consiglio io non oso darlo perchè non ho studî ed esperienza che bastino, ma i fatti esposti, dal mio compaesano mi risultarono esattamente conformi al vero. Se non l'eccesso di ogni virtù è vizio ed ogni Arpagone si gabella per parsimonioso. Il maggior carico che gli americani fanno agli emigranti italiani è di una sordida, degradante ed insanabile astinenza e del loro acconciarsi ai più umili uffici, ai lavori più vili e meno rimunerati. Dal vestire, al cibarsi ed all'alloggiare, la plebe italiana di New-York e di Chicago dà spettacolo di una così supina rassegnazione alla miseria, di una indifferenza così cinica rispetto ai beni ed ai godimenti della vita, che ha solo riscontro, in peggior grado, diciamolo, nei cinesi. Solo riscontro a voler contare la gente che campa di onesto lavoro; che altrimenti, in New-York, la bassa città è piena di pezzenti, scamiciati, luridi, scalzi, sudici, scarmigliati, orribili e terribili, i quali non si sa di che e come nutriti, non ostante le razzie dei policeman, dormono la notte sotto le scalette digradanti nelle vie o sotto il ligneo ponte degli Eleveted o sul nudo lastrico nei vicoli oscuri.

La polizia che dà loro la caccia, e li trasporta, il più delle volte senza che si sveglino, tanto sono piombati nel sonno alcoolico, alle prigioni ed ai ricoveri per briachi, sa che gli italiani fra di essi sono in piccolissimo numero. Lo sa e lo dice. Non è molto, il capo della polizia di New-York affermò pubblicamente che di tutte, la emigrazione italiana è quella che dà il minor contingente agli assassini, ai ladri, ai facinorosi d'ogni specie.

Ma di questo rifiuto della società, l'opinione pubblica americana non tiene conto altrimenti, che per armarsi alla difesa, moltiplicando le prigioni e le sentenze capitali e sperimentando nuovi sistemi di morte. Quando si parla di stima e di sprezzo, si considerano gli elementi vivi ed attivi del corpo sociale. Ora, fra i membri organici della società americana, dobbiamo pur troppo convenirne, gli italiani tengono, nella pubblica stima, se non il penultimo, il terz'ultimo posto. Al disotto di essi, non ci sono che i cinesi ed i negri. Il mio compaesano voleva che questa disistima nascesse da avarizia. Il Yankee, mi diceva, è geloso del denaro americano che gli emigrati italiani mandano ogni anno in Italia. Ne mandano infatti assai più che da noi non si creda. Il console e parecchi banchieri di New-York mi assicurarono, che da quella sola città, sono spediti in Italia, non per traffichi, ma dagli emigranti, dai 25 ai 27 milioni di lire l'anno. Bisogna avvertire però che da ogni punto, si può dire, degli Stati Uniti, il danaro diretto all'Europa, prende la via di New-York. Ma la somma, vistosa specialmente se si consideri da chi proviene ed a chi è destinata, non è in realtà così ingente da impensierire quei formidabili maneggiatori di miliardi presso i quali chi la possegga (sono in loro moneta cinque milioni di dollari) comincia appena a contare per ricco. Al più, dato che gli americani abbiano conoscenza di quell'esodo finanziario, esso nuoce al concetto in cui tengono gli italiani, per ragioni che nulla hanno a che fare coll'avarizia. Il denaro spedito alla terra nativa, annulla quasi le carte di cittadinanza che l'emigrato è indotto a firmare, ed attesta il fermo e perdurante proposito del rimpatrio. Dove vanno i dollari, va il pensiero ed il cuore e andrà più tardi, appena lo potrà, la persona. Un colto signore americano, amantissimo dell'Italia, volendo giustificare l'antipatia innegabile di molti fra i suoi verso i miei connazionali, mi diceva un giorno che l'italiano è fra gli europei affluenti del nuovo continente, quello che meno di tutti si americanizza. Gli osservai che l'americano così orgoglioso com'è della sua terra avrebbe dovuto meglio di ogni altro apprezzare una tale tenacia di sentimento patrio.

- È vero, rispose, ma l'americano non firmerebbe mai atti di cittadinanza in paese straniero. Il vostro emigrante, poichè non trovò da vivere in patria, viene a noi e disputa il lavoro e la mercede al nostro operaio. E sta bene. Non mi lagno neppure di quel tanto che il lavoratore italiano sottrae al minuto nostro movimento economico, riducendo le spese a quanto è strettamente indispensabile e tenerlo in piedi ed in forze, cioè a meno del decimo di quanto guadagna. Ma egli, onde pareggiare la sua alla condizione dell'operaio nostrano, domanda di essere accolto cittadino degli Stati Uniti e armato di tutti i diritti civili e politici, nomina i rappresentanti, i governatori, i magistrati, gli ufficiali di ogni ordine cui spetterà di fare e di applicare le nostre leggi. E mentre dispone, al pari di ognuno di noi, del nostro avvenire politico, morale, sociale ed economico, non si associa ai nostri sentimenti, non conosce e non cura i nostri bisogni, e dei diritti civici che lealmente gli conferimmo, fa solo uso per mettersi in grado di rinunziarli più sollecitamente. Si parla molto della venalità delle nostre elezioni. Il male è pur troppo reale, ma l'americano che vende il suo voto, si espone almeno a subirne le conseguenze. L'indirizzo della politica generale, l'assetto finanziario, le questioni edilizie, le costruzioni e le tariffe feroviarie, sono altrettanti fattori della sua prosperità o del suo disagio avvenire, onde è a sperare che edotto dalla esperienza, egli verrà grado grado avvezzandosi ad un esercizio più coscienzioso della sua sovranità. Ma che sperare dal voto dato da uno straniero, il quale, rinnegata apertamente per interesse l'antica, rinnega di continuo in cuor suo la nuova patria ed affretta il momento di abbandonarla? Che importerà a lui se il legislatore è inetto, se il magistrato è corruttibile, quando sei mesi, un anno dopo il voto, egli lascierà per sempre il nostro continente? È lecito, se volete, sospettare di ogni cittadino americano, che egli venda il suo voto, ma è indubbiamente certo che lo venderà questo cittadino spurio che frodò scientemente i privilegi della cittadinanza.
Era facile dimostrare che tale stato di cose è più imputabile agli americani che ai forestieri. Presso di noi la naturalità non si concede che con voto delle Camere, e tale solenne ed indugiante procedura ne circonda di mille cautele il conferimento. Di più, essa non riflette che l'esercizio dei diritti politici. Anche senza di essa lo straniero può possedere, trafficare e trovar lavoro nella identica misura di un regnicolo. Essa non diventa mai strumento, anzi condizione indispensabile della prosperità materiale. Se i nostri emigranti non sapessero per esperienza che il voto è un vero argomento di traffico e che il farne traffico può agevolar loro il collocamento, accrescere le mercedi, ottenere più spedita e più giusta giustizia, non firmerebbe le carte di naturalità. Il concetto della cittadinanza non è accessibile nella sua purezza che alle menti colte. Esso non va confuso col naturale sentimento patrio. Per quei disgraziati costretti a strappare la vita con tanto e sì duro lavoro, la patria è il piccolo luogo nativo,

del quale hanno in mente, fino dalla primissima infanzia, il profilo dei monti, i seni dei fiumi, la linea bruna delle foreste, la varia scacchiera dei campi e dei prati, il viso dei parenti, degli amici, le case, il pozzo, il cimitero. La patria civile non rappresenta al loro stretto criterio che balzelli ed impedimenti: l'esattore, la leva, le carte bollate, le dogane. Difetto di educazione civica? Ma l'avete molto maggiore voi che vendete il vostro e comprate il loro voto? Voi avete, in maggior misura di noi, la coscienza della vostra forza collettiva ed individuale e l'obbedienza agli ufficiali della legge e sopratutto avete ed è grande onore vostro, in sommo grado, il rispetto verso l'uomo ed una civile consapevolezza dei diritti della vita. Qui sta la vera nobiltà degli americani. E qui sta la vera ragione del misero concetto in cui essi tengono i nostri connazionali, i quali provocano il loro disprezzo, mediante l'esercizio di virtù eroiche, che essi non possono nè conoscere nè apprezzare.

La prima cosa che mi colpì negli Stati Uniti, astrazione fatta dai prodigi della meccanica, fu l'aspetto della prosperità universale e conseguenza di essa l'eguaglianza visibile delle condizioni sociali. Eguaglianza di vestire, di modi, di abitudini, di relazioni e sopratutto eguaglianza fisiologica, non oso dire di salute, ma nella salute, di quel grado di benessere che procede dal copioso e nutriente alimento. In New-York, verso le sei pomeridiane, quando termina la giornata operosa, migliaia di carrozzoni sparpagliano per ogni verso dall'alto della città, la innumerevole folla che gli affari addensano lungo il giorno nella bassa. Le sei linee parallele di ferrovie aeree hanno ognuna convogli di cinque o sei enormi vagoni ogni cinque minuti ed ogni vagone è pieno zeppo di gente seduta e d'altra a sedere sulle ginocchia dei seduti e d'altra ritta nella lunga corsia di mezzo e nelle brevi trasversali e sui piccoli terrazzi alle due estremità. Là il milionario siede accanto al facchino del porto ed è dal conduttore invitato a levarsi in piedi per dar posto, occorrendo, al suo vecchio domestico. Ma da qualche elegante banchiere di Wall-Street in fuori il quale si distingue per lo speciale vestire all'inglese, nessun europeo giudicherebbe ad occhio che là siano rappresentate le infinite varietà di professioni, di mestieri, di stato, di fortuna, di coltura e di educazione, che si possono riscontrare in un popolo intero. Il gentleman che vi siede a lato e che se appena può spiegarne un piccolo lembo, legge imperturbabilmente il suo sterminato giornale, può essere del pari, l'avvocato della più ricca società ferroviaria che sia al mondo, o il commesso di un negozio di calzature, od il fiaccheraio di City Hall Park che ha terminato il suo turno di servizio. Al più certe mani tradiscono l'esercizio delle più grosse arti meccaniche e certi odori quelli di speciali industrie, ma il taglio degli abiti e le stoffe attestano in tutti la stessa cura, la stessa abitudine e quasi lo stesso grado di agiatezza, ed i modi e le parole, lo stesso vigoroso sentimento della eguaglianza sociale e della dignità personale.
Il forestiero che voglia conoscere sommariamente le abitudini casalinghe degli americani, percorra la domenica in New-York una intera linea ferroviaria dell'«Eleveted» e di preferenza quella del nono viale (avenue), la quale partendo dalla punta al mare della città, sale fino al fiume Harlem con un percorso di circa 20 chilometri. L'intero viaggio costa cinque cents americani, venticinque centesimi della nostra moneta. Il palco della ferrovia, seguendo la graduale ascenzione del terreno, rasenta per lo più le case all'altezza del primo piano, se non che, come giunge a certi avallamenti che solcano l'alta città, li scavalca, correndo a norma della loro profondità lungo i secondi, i terzi, i quarti piani e talora oltre i comignoli. Partendo dalla Batteria cioè dalla punta al mare, il treno attraversa, dapprima la New-York antica, la city dei traffici, fabbriche altissime date dalla terra al tetto a magazzini, a studi, a banche, a fondachi d'ogni maniera. Ogni sera, già lo dissi, quella città plutogena che monetizza quasi tutte le attività naturali ed industriali degli Stati Uniti, si spopola interamente. Nessuno vi dorme. L'urgenza degli affari non consentì che vi si introducessero i miglioramenti edilizi: le vie

rimasero strette e tortuose, le case oscure e disagiate, il lastrico rotto e sepolto sotto uno strato di mota vischiosa e nera, l'aria stagnante e fetida.

Ma i denari si fanno nel sudiciume e si godono al pulito. Da ciò, nei giorni festivi il completo abbandono ed il mortale silenzio di quei quartieri, uscendo dai quali il treno imbocca i viali fastosi e chiari e taglia le strade numerizzate che s'aprono in sfondi di piazze e di giardini o mostrano lontano il grande fiume del Nord, l'Hudson river, irto di alberi, sparso di vele, solcato da mille vapori, animato dalle altalene aeree dei «ferry boats» simili ad immani uccelli che sbattono invano le piccole ali inette al volo. Qui mettono capo le strade della città elegante, gigantesca metropoli di gaudenti disciplinati i quali ignorano al certo il proverbio che attribuisce all'ozio la paternità di ogni vizio, perchè hanno tutti i figliuoli e non ne conobbero il padre mai. Più in alto, oltre il Central Park dove cominciano gli avvallamenti che ho detto, sono i quartieri operai e popolari, monotoni, ma larghi, puliti, agiati, ordinatissimi.

La domenica, chi li guarda dai vagoni dell'alta ferrovia e conosca la condizione sociale dei loro abitanti, crede avverato in forma Anglo-Sassone, il sogno che meritò a Faust il facile perdono. Ogni famiglia passa l'intera giornata alle varie e spaziose finestre in sereno e non oziante riposo. Il padre, seduto sulla sedia a dondolo, la pipa in bocca, legge, legge, legge dalla prima alla ultima linea le trentadue immense pagine del giornale domenicale ed un altro giornale illustrato e del pari interminabile, occupa la madre, seduta in un'altra sedia a dondolo, presso un'altra finestra. Se la famiglia ha un figlio maschio e la casa una terza finestra, non mancherà il terzo giornale e tale spettacolo va via via ripetendosi senza rinnovarsi come in una tappezzeria figurata. Sole si sottraggono a tanta silenziosa e didascalica felicità le ragazze, ricco sangue fiorito in bionda e rosea bellezza, le quali, non sedute, ma appoggiate al davanzale, guardano curiosamente in strada, sorridono ai fuggenti passeggieri dell'Eleveted, discorrono colle vicine, occhieggiano chi le guarda, rosicchiano mandorle, e ridono di continuo con sincera freschezza. Già, fra parentesi, nulla è più aggraziato della balda e procace e gaia scioltezza delle ragazze americane e della aperta compiacenza con cui esse incoraggiano e premiano l'ammirazione espressa o tacita dei passanti.

Quando il treno corre all'altezza dei piani superiori, dove entra più luce, appare intero l'ordinamento e l'arredo della casa. Belle carte da parato, pavimenti a tavole, tende ampie, una mobilia copiosa e comoda, un'aria insomma di solida e quasi raffinata agiatezza, quale non hanno nelle nostre città di provincia, salvo poche eccezioni, gli alloggi dell'avvocato, del medico, del giudice, del negoziante. Si tratta, ben inteso, di gente che vive a giornata, con salari di quattro ed anche di tre dollari al giorno, la paga ordinaria di un operaio quale tocca al nostro emigrante. E si tratta di gente assegnata, che non è creduta e che non crede concedere nulla al soverchio, ma per la quale il necessario, non deve bastare solamente al non morire, ma al vivere, e che considera il benessere quale condizione indispensabile della vita.

Vediamoli sotto un altro aspetto.

I Macelli di Chicago sono famosi anche presso di noi. Famosi e favolosi perchè tutti li immaginano più ordinati e puliti e meccanicamente perfetti che in realtà non siano. In realtà essi mi parvero la più colossale sudicieria che mente umana possa concepire. Basti dire che quegli immensi locali dove certi mesi dell'anno si ammazzano, dissanguano, tosano, squartano ed insaccano fino a 60 mila capi di bestiame al giorno, sono tutti fabbricati a palchi, colonne, tramezzi e scale di legno. I vapori del sangue impregnano tutti i pori delle pareti e dei soffitti, gli spruzzi, i rivi di sangue inzuppano i trogoli, i tini, i banchi, le colonne, le tavole del pavimento ove depongono una mota bruniccia, pestifera, lubrica e vischiosa che le frequenti lavature non sciolgono e non spazzano, ma fanno più sottilmente compenetrare colla fibra lignea. E per giunta, locali bassi e insufficienti, onde gli operai ci stanno pigiati ed i visitatori devono patire stomachevoli contatti: e poche finestre, dalle quali scende sulle brune pareti una luce incerta che i vapori esalati dalle acque bollenti e dalle carni palpitanti oscurano ancora.

In tali ambienti si aggirano centinaia di operai intesi ognuno a speciali bisogne e costretti dallo incalzarzi meccanico delle successive operazioni ad un lavoro furioso e senza posa. Quei disgraziati non hanno nè faccia nè corpo d'uomo. Il viso contratto dall'invincibile disgusto, da un energico irrigidimento volitivo e dalla ebbrezza sanguigna che li accanisce, l'occhio continuamente sbarrato dallo sforzo visivo per discernere nella penombra il punto preciso dove assestare il colpo dello squartatoio, l'untume rossastro e lucente che invischia loro la fronte e le gote, il sangue raggrumato che indurisce la barba ed i capelli, i movimenti rapidi e bruschi onde gettano ai vicini i pezzi squartati, tutto ciò fra il fumo, il tanfo, gli urli e le strida gorgoglianti, dà loro un aspetto che non ha nulla di umano, che sta al disotto di quella stessa animalità ferina che essi distruggono con tanto formidabile eccidio. E il vestire! Blusa e pantaloni di tela incerata gialla, così dura che essi devono camminare a gambe larghe e sbracciarsi per il menomo gesto, e da capo a piedi macchiata, rigata di sangue e colante sangue, ed immerso il basso dei pantaloni nella poltiglia sanguigna, sì che ogni passo manda spruzzi, ed il piede staccandosi a stento dal suolo, rende suono di succhiamento e leva bolle che sembrano vivi tumori.

Fuggiti a quella bolgia l'orrore e la nausea vi perseguono gran tempo per le vie soleggiate e nei giardini, vi turbano il sonno e per alcuni giorni vi svogliano d'ogni cibo che non sia vegetale. Ma se vi basti l'animo di appostarvi alla estrema uscita di quello intricato viluppo di corsìe, di staccionate, di palchi, di baracche, di viadotti che occupa uno spazio di terreno grande quanto Milano, la vista che vi aspetta sul finire della giornata, vi darà un giusto concetto della multiforme vita americana.

Mezz'ora dopo cessato il lavoro si spande fuori del recinto una folla signorile di gentleman che uno dei nostri damerini principianti prenderebbe a modello di eleganza sportiva. Sono bei giovani alti e biondi, coi baffetti incerati, i solini ingommati, le vistose cravatte, le giacchette a scacchi all'inglese, il pastrano color nocciuola dalle costure sovrapposte, i calzoni chiari, il piccolo cappello duro, o uomini maturi in soprabito nero ed in tuba, e tutti così composti e gravi e che li direste usciti da un club aristocratico dove si giuochi nobilmente al Macao o da un concerto di musica classica a venti lire il biglietto. Chi più riconoscerebbe in quei raffinati i macellai e gli scorticatori di poc'anzi, i quali deposti i gialli indumenti e disgrassatesi le mani, le braccia ed il viso, si dispongono ora a godere al pulito i danari guadagnati nel sangue e nel sudiciume? Essi sopportano il ripugnante e faticosissimo lavoro, ma non saprebbero rinunziare a quegli agi che reputano necessari alla vita da quanto il materiale sostentamento e l'alloggiare al coperto. Macchine finchè l'opera dura, vogliono riprendere al suo cessare una umanità superiore a quella dei negri e dei pelli rossi. Noi riconosciamo noi tutti il progredire di una razza dai suoi moltiplicati bisogni? Nati da un popolo che ignora l'ozio, essi accettano la disuguaglianza delle fatiche, a patto di raggiungere una relativa eguaglianza di beni. Membri di una società che sa utilizzare tutte le attività umane, l'avvenire della famiglia non li impensierisce; come il padre lavorò e lavora, lavoreranno i figliuoli e l'oggi non ha minori diritti che il domani.

Apprezzano e praticano il risparmio del soverchio, ma il loro soverchio comincia oltre l'agiatezza, non oltre la povertà. Le privazioni che degradano l'uomo, che gli lesinano un sostanziale nutrimento, che lo espongono ai rigori delle stagioni, che lo disarmano contro le asprezze della vita, che lo umiliano nel cospetto dei suoi simili, sono a loro giudizio veri e proprii delitti di lesa umanità. E vi riconoscono il segno di una razza inferiore e decaduta.

Diamo ora uno sguardo sommario ai quartieri italiani di New-York ed alla vita, l'infima vita di troppi italiani in Chicago. Ho detto che a New-York la bassa città non vive che ai traffichi e che la sera tutti l'abbandonano. Ciò è vero in generale degli americani, non dei cinesi e degli italiani dei quali i confinati quartieri stanno appunto nella città bassa, presso i cinque punti, dove sono le viuzze più strette e malsane e le più orribili e rovinanti catapecchie.

È impossibile dire il fango, il pattume, la lercia sudiceria, l'umidità fetente, l'ingombro, il disordine di quelle strade. La gente ci vive all'aperto, segno, dato il clima inclemente, che peggio sono i locali interni, dei quali io non vidi se non quanto mostravano le buie botteghe e che mi svogliò d'ogni maggiore curiosità. Anche là come in Napoli il cielo è ragnato dalle frequenti distese di panni sciorinati tra l'una casa e l'altra. Ma quali panni ed usciti da quale bucato! se pure non li stendono al sole per seccarne il lordume. Uomini cenciosi, sucidi, sparuti, vanno intorno faticosamente d'una in altra bottega o si aggruppano all'entrata di quelle birrerie dove è loro servito il fondugliòlo inacidito delle botti di birra smaltite nei sani quartieri alla gente sana. Sul passo degli usci, sui gradini delle scalette, su sgabelli di legno o di paglia nel bel mezzo della via, le donne mettono in mostra tutta quanta la loro compassionevole vita domestica. Allattano, cuciono, mondano le verdure avvizzite, solo condimento della loro minestra, lavano i panni negli unti mastelli, si strigano e ravviano a vicenda i capelli. Ciarlano, ma non fanno il cinguettare allegro ed arguto delle viuzze di Napoli, bensì un non so quale cruccioso pigolìo che stringe il cuore.

A volte un ingombro di carrette (in quelle strade le vetture non passano mai), le costringe a levarsi ed a raccogliere in furia quelle poche robe, e allora sono urli e bestemmie del carrettiere e strilli ed improperî di tutto lo sciame femminile. Passano certe vecchie sfigurate, portando a stento i cestoni delle immondizie. Vana fatica! Tutto quanto vi circonda: i panni che la gente indossa, le mercanzie esposte, le frutta, gli erbaggi, le carni ingiallite ed incartapecorite che pendono all'uncino presso le beccherie, i mobili che s'intravvedono negli aperti stambugi, perfino i sordidi biglietti di banca italiani ed americani allineati nelle vetrine dei frequenti banchieri, perfino i mostruosi ritratti di Re Vittorio, di Garibaldi e di Umberto e le bandiere tricolori che pendono a quasi tutte le finestre ed inquadrano l'entrata delle botteghe e vi fanno svolazzo, ogni cosa, ogni cosa non dovrebbe essere gettata al mondezzaio? Quelle bandiere vi danno insieme un senso di tenerezza e di vergogna patria. Quella gente così duramente provata, ha dunque mente ancora alla remota terra nativa e frammezzo a tante urgenti e dolorose realtà può essa ancora compiacersi della sua immagine simbolica? Ma non umiliano esse ad un tempo la patria che riduce i suoi figli ad appagarsi per minor danno, di così squallida miseria? Gli innumerevoli strozzini che invescano quei disgraziati e li dissanguano, primo e permanente argomento della loro abbiezione, adornano anch'essi con bandiere le immonde tane cui danno il nome di Banche. E a più vistosi drappi, più accorte trappole. Stanno sulla soglia del banco, fissando sui passanti un dolce sguardo adescatore e sorridendo loro con cupida bonarietà.

Ma la vista più dolorosa è quella dei bambini gettati seminudi all'aperta via. Chi non conosce il clima di New-York non può concepire la tristezza di tale spettacolo. Io visitai quelle strade verso la metà di novembre e le piccole creature non indossavano che la camicia. L'ultima domenica di novembre avemmo in New-York uno squilibrio di temperatura di 30 gradi. Il mezzodì erano 18 gradi centigradi sopra, la sera 12 sotto lo zero. Uno strato di ghiaccio vivo incrostava le strade. Sempre quando irrompono dal Canadà e dall'Alasca, i tremendi cicloni che dall'Atlantico manda già rabboniti alle coste occidentali d'Europa, New-York trapassa di colpo dalle arsure estive ai rigori invernali. La bufera non si annunzia con tuoni e lampi che d'altronde i fragori della industre città e la strettezza di quelle strade non lascerebbero altrimenti avvertire. Il turbine si scatena improvviso nella placida gaiezza dell'aria soleggiata. Pensate quei bambini! Chi riesce a superare quelle prove mortali potrà adulto sfidare tutti i mari e tutti i deserti, ma quanti ci restano al primo urto, o trascinano per una fiacca giovinezza acciacchi senili, finchè un alito di brezza li spegne!

Tali miserandi spettacoli non s'incontrano ben inteso che in quelle poche strade dove si agglomera la feccia della emigrazione italiana, pur preferibile di cento volte alla feccia della irlandese la cui degradazione procede da stravizi, non come avviene dei nostri, da virtù disperate, da pregiudizi economici e da ignoranza. E non è a credere nemmeno che là dimorino tutti nè, non di gran lunga, la maggior parte degli italiani. Sono italiani in Nuova York ed in Brooklyn, gran parte dei muratori, degli scalpellini, degli stuccatori, degli imbianchini, moltissimi parrucchieri e garzoni di caffè, quasi tutti i negozianti di frutta, dai maggiori fissati in ghiotte e sontuose botteghe, a quelli che vanno intorno colle paniere e col carrettino, e fino a pochi anni addietro, tutti i lustrascarpe. Costoro dimorano per lo più dispersi, come il lavoro richiede, nei vari quartieri della città e, dall'aria borghese in fuori che i più non sanno o non vogliono pigliare, vivono su per giù da quanto gli americani. Se non che una certa minuziosa cura di risparmi, una frugalità che rasenta la privazione, quel meticoloso disputare il centesimo, il vestire trasandato, l'alloggiare in molti nello stesso locale non spazioso nè comodo, e mille altre pratiche parsimoniose, fanno sì che i più schifiltosi americani riconoscano in essi, già migliorata se vogliamo al proprio contatto, quella stessa razza che ammorba le strade di Baxter e di Mulberry e vi pianta in lacere e lercie bandiere il segno della propria nazionalità.

Chicago non ha, ch'io sappia, quartieri dati in modo speciale agli italiani, onde lo spettacolo della nostra miseria, va cercato un po' da per tutto e più nell'esercizio di certe infime industrie che solamente i nostri connazionali patiscono di esercitare. La più comune, consiste nel ribruscolare fra il lezzume ammassato presso i grandi depositi di cereali, le concerie, gli scali d'imbarco e le stazioni ferroviarie. È industria di vecchie donne delle nostre provincie meridionali andate in America col marito e coi figliuoli. Questi attendono all'arte loro od ai negozi; esse passano, piova o nevichi, l'intera giornata fra le spazzature per riportarne la sera, a farla grassa, il valore di pochi centesimi. Cartaccie, ritagli di cuoio, cenci, chiodi, bullette, pezzi di lamiera, fili di ferro, quanto è ultimo vilissimo rifiuto della grossa vita industre e meccanica, tutto raccolgono ed insaccano. Un paio di ciabatte, una blusa a brandelli, un'ampolletta con dentro il rimasuglio di ignoti rimedi sono ai loro occhi veri tesori. Chi può fissare l'estremo limite del servibile e dell'inservibile? Calzeranno le ciabatte, indosseranno la blusa: l'eterno femminile non ha, in esse, esigenze di vestire. E al primo malore ingoieranno il rimedio, persuase di ficcargliela al medico del rione. Non le nutrisce anche il mondezzaio? Io ne vidi addentare gustosamente certi avanzi di patate succherine raccattati fra la spazzatura. Dio sa, quelle patate da quanti giorni erano cotte e come inacidite! Sedani, carote, cavoli vizzi e raggrinziti, mele fradicie, quanto le più povere cucine diedero per disperazione al corbello dello spazzaturaio, è loro pasto quotidiano. Hanno i loro punti fissi, sui quali vantano un rispettato diritto di possesso e che occupano ogni giorno in squadre di cinque o sei ed anche più. Uscendo dall'albergo io solevo per entrare in città costeggiare un tratto di ferrovia, indi un praticello triangolare dato appunto a mucchi sempre rinnovati di tritumi e di immondizie. Ci passavo la mattina per tempo: le vecchie erano già al lavoro; ce le ritrovavo tornando verso il mezzodì: riuscivo verso le due, rincasavo verso le sei, le vecchie erano sempre là curve, sedute, inginocchiate nel fango o nella polvere. Raspano e sparnazzano come le galline. A volte ci stanno a piedi nudi per giovarsi del tatto e dare l'occhio intanto a punti discosti. Poco innanzi che io giungessi a Chicago, ne era morta una di tetano per essersi lacerato un piede ai denti di un foglio di latta. Ho voluto discorrere con esse. Quella cadenza lunga e smorzata della parlata napoletana, era così triste, in quel luogo, sotto quel cielo, uscendo da quelle misere labbra! Domandai loro se non avrebbero guadagnato di più rimanendo in casa, a far calze, a rammendare panni, a qualsiasi altro mestiere.

- E questo, chi se lo piglia? - rispose una, mostrandomi il mucchio.

Ecco il secreto di tanta tribulazione: il timore che alcuna infinitesima particella di ricchezza vada perduta. Guadagnerebbero di più a più sani e puliti lavori, ma quel minuscolo valore le attira. È l'adorazione cieca e materiale delle cose, astrazion fatta ad ogni pratica applicazione.

Potrei raccontarne per delle ore, ma passando di uno in altro patimento e dalla vecchiaia alla infanzia, sarebbe sempre la stessa miseria. Miseria, non povertà, perchè il misero stato di quei disgraziati non procede da insufficienza di mezzi. Così in Chicago come in Nuova York, la gente valida guadagna, soldo più soldo meno, dai tre dollari al giorno, e molti arrivano ai quattro e taluni ai cinque. Il dollaro vale cinque lire e venticinque centesimi. E non è a credere che il prezzo delle derrate cresca in proporzione della unità di moneta, così che il valore commerciale del dollaro in America, pareggi quello della lira in Italia. Questo dicono molti, ma non è. Certi oggetti di lusso, costano il doppio, il triplo del prezzo nostrano, ma sono rarissimi. I nostri guanti a cinque lire ne costano dodici a Nuova York, il cappello a cilindro inglese che si paga a Roma 25 o 30 lire, costa a Nuova York 10 dollari. Costano un dollaro l'ora le vetture di piazza. Ma la retta nei primissimi alberghi, di gran lunga più comodi, che i migliori europei, e più abbondante il vitto e libera l'ora dei pasti, non è più cara che in Europa. In Europa il prezzo varia dalle 12 alle 15 lire al giorno, a Nuova York è di tre dollari al Fifth avenue hotel, che è vantato fra i più splendidi degli Stati Uniti.

Se poi dagli splendori della vita elegante, scendiamo agli agi della comune, le differenze di costo si fanno anche meno sensibili. E quanto agli oggetti di primissima necessità, non c'è od è minima differenza.

In complesso la vita costa di più, perchè raccoglie una maggiore somma di bene. Il nostro emigrante poichè accetta di tribolare in America, quanto tribolava in Italia, se la cava con 25 o 30 soldi italiani al giorno. Ma appunto questo suo volontario tribolare, è cagione che l'americano lo derida e lo disprezzi. Nè i molti italiani che vivono con più umana larghezza bastano a cancellare la triste impressione lasciata da quei nichilisti della vita.

Dei caratteri proprii di ogni razza, il comune delle genti non sa e non può considerare che gli estremi: quelli soli sono essenzialmente differenziali, e quelli soli informano il concetto che si fissa nelle menti dell'universale. Le profonde differenze etniche non possono essere avvertite da quel popolo, che nacque e cresce mediante la fusione di tante razze disparate anzi degli elementi più indomabili, più incontentabili, più audaci, più smaniosi de' godimenti, più anelanti alla piena vita che fossero e siano in ogni razza. Perciò agli occhi degli americani, l'italiano che veste, alloggia, si nutrisce ed a suo tempo riposa al pari di essi, è un cittadino della Unione il quale parla una lingua diversa dalla loro. Ma quell'essere rassegnato, umile, domato dalle astinenze, accanito ad un lavoro senza posa, che in tanto emporio di beni, possedendo i mezzi di conseguire la sua parte, ne fa volontaria rinuncia, che accetta di abitare nel lezzo quando potrebbe al pulito, che degrada col lurido vestire la nobiltà delle forme umane, che riduce insomma ad un minimum appena compatibile colla vita i bisogni della vita, quello non è un uomo della loro razza, anzi della loro umanità. D'onde viene? - Dall'Italia. - Tali sono dunque gli italiani? - Ecco formata la leggenda.

Che sanno essi della famiglia lontana, dei figli e delle mogli i quali aspettano la lettera con quei pochi quattrini per comperare il pane e pagare il fitto di casa? E del bisogno imperioso di raccogliere un peculio onde riscattare le terre vendute? Essi ignorano le urgenti strettezze che fanno eroica la rassegnazione di quei disgraziati. Ma le conoscessero pure, io credo tuttavia che non terrebbero in gran conto quello speciale eroismo. Ogni popolo chiama virtù e pregia sopra tutte le qualità che meglio si confanno colle sue naturali inclinazioni, che più direttamente conferiscono all'adempimento dei suoi destini. Il popolo americano sa e sente che egli deve ancora compiere la conquista del suo sterminato continente e popolarlo e dissodarlo. Ora ai conquistatori giovano sopratutte le qualità attive. A me parve di scorgere che gli americani compatiscano ai vizi attivi più di quanto pregino le virtù passive. Ma a voler chiarire la cosa andrei troppo per le lunghe. Ho voluto mostrare come fosse spiegabile e dal loro punto di vista giustificabile, il misero concetto in cui gli americani tengono molta parte della emigrazione italiana.

Ma noi che ne conosciamo le condizioni domestiche dobbiamo fare di quei nostri connazionali ben altro giudizio. Se il concetto della vita terrena è più elevato, più alto, e più umano in America che in Italia, non è colpa loro. Siamo noi che scriviamo i libri e le riviste, siete voi che li leggete, quelli cui tocca pensarci. È innegabile che parte della loro miseria è frutto di ignoranza. Ma è certo altresì che la maggior parte dei loro patimenti sono un esercizio di virtù ardua e forte. È bello ragionare di etica sociale chi è sicuro dell'oggi e del domani, di sè e dei suoi.

Dal mio piccolo paese canavesano, partirono il Marzo del 93 per l'America, tre ottimi lavoratori, lasciando a casa, mogli, figliuoli e debiti. Laggiù, appena sbarcati, si allogarono nella miniera di Primerose, in Pensilvania. La paga era buona: sfido! Nessuno del luogo osava più scendere in quei pozzi che già una volta una vena d'acqua aveva allagato, affogandovi dentro gli operai. Ora la vena, saldata, non dava che stille e s'erano ripresi i lavori. I direttori sapevano il pericolo ma, business is business, la duri fin che può. E la durò poco. Il 20 di Aprile, si ruppe un'altra volta la vena, e quanti erano sotto ci rimasero. I miei compaesani erano stati sul lavoro otto giorni; vale quanto dire che non lasciarono un quattrino. Io conosco le loro famiglie e vedo ora di che morte vivono. Mentre stavo descrivendo la disgustosa abbiezione di tanti nostri emigranti, non potevo trattenermi dal pensare che se quei tre infelici avessero avuto tempo di dare ad altri il tristo spettacolo che altri diedero a me, a quest'ora i loro figli e le vedove avrebbero assicurato per la vita, un pezzo di pane.

CAPITOLO VIII

Chicago e la sua colonia italiana.

Quando io giunsi in Chicago, la colonia italiana vi era in gran subbuglio. Un giornalucolo ebdomadario, italiano s'intende, aveva da qualche tempo preso ad avversare il Conte Manassero di Costigliole nostro console e non c'è contumelia che non gli vomitasse contro. Il Manassero non se ne dava per inteso e badava anzi a rattenere lo sdegno che quelle ingiurie sollevavano vivissime nella maggiore e miglior parte della nostra colonia a lui devota ed amica. Ma gli ultimi numeri imputavano al console un fatto determinato e grave. Si trattava della bandiera che è costume inalberare alle finestre dei nostri Consolati nella ricorrenza del 20 settembre. Il giornale, sulla fede di una società operaia, affermava non averla il Console inalberata: parecchie altre società e moltissimi cittadini giuravano di averla veduta. In realtà la bandiera era stata issata fino dal mattino, ma essendosi smosso l'anello a muro che regge l'asta, la si era dovuta levare per saldarlo. Affare di due ore, dopo di che i tre colori risventolarono fino a sera. Parlavano onorevoli testimoni e parlava il muro racconciato di fresco, ma il giornale duro, ripicchiava in nota continua: noi passammo e la bandiera non c'era, non c'era, non c'era; e mentre la voce di quelli non giungeva che alla gente del luogo già edotta dei fatti, l'accusa gazzettiera, a stampa, poteva varcare l'Oceano, arrivare a Roma, e a comodo di qualche deputato dell'opposizione, sollevare interpellanze in parlamento. In questi casi torto o ragione, che ne va di mezzo è il magistrato lontano colpevole, se non di altro, di aver dato noia al ministro. Per ciò, gli amici non so se meglio dire del Console o della verità, mettiamo di tutti e due, deliberarono di opporre alla denuncia del giornale una solenne protesta dell'intera colonia ed a tale intento indissero per la veniente domenica un meeting, anzi un massmeeting che vuol dire un solenne e pieno comizio.
In attesa del grande evento io impiegai i primi giorni della mia dimora in Chicago a veder gente e paese, colla scorta di alcuni cortesissimi nostri connazionali. Della gente del luogo, non conoscevo nessuno. Avevo bensì una lettera per un certo M.r Gustavo Fucks fervente melomane, amantissimo degli italiani, ma l'ottimo uomo stava allora in una sua villa, lontano assai dalla città e dovetti contentarmi di mandargliela per posta. Lo conobbi più tardi in Nuova York, dove, esempio di costumi americani, egli venne apposta da Chicago per assistere alla prima rappresentazione del mio dramma. Tra venire e andare sono tre mila chilometri di viaggio. Arrivato il giorno della recita, ripartì l'indomani poichè mi ebbe fatto una breve visita nella mattinata.
Egli assente, l'altro milione e mezzo di abitanti, mi parvero tutti così affacendati, che stimai bene di non far perdere tempo a nessuno di essi, in conoscenze nuove. La mattina uscivo di buon'ora, curioso di visitare la enorme città che è oggi la seconda e sarà, dicono, fra dieci anni la prima degli Stati Uniti. Ne avevo inteso raccontare e ne avevo letto cose da strabiliare: sapevo che d'anno in anno la popolazione vi cresce di un decimo. Nuova York nel suo complesso non è gran fatto dissimile dalle grandi metropoli d'Europa. In Chicago sapevo fiorire più sincera la vita americana: fabbriche smisurate e vie interminabili, botteghe sbalorditive, assordanti stamburamenti ad uso di richiamo. E poi c'era l'Esposizione della quale già doveva apparire la colossale carcassa fra parchi e giardini incantevoli, bagnati da quel famoso lago Michigan che vantano più vasto dell'Adriatico, più navigato del Mediterraneo e così dolce alla vista e ridente da vincere al paragone quelli dell'Alta Italia e della Svizzera.
Ahimè! Della Esposizione erano appena avviati i lavori di sterro ed il vantato parco ed i giardini mi parvero una bassa e umile cosa. Ma i piani che mi fu dato vedere, tracciavano su quelle bassure un vario ondeggiamento di colli, vi incidevano valloni, gettavano promontori nel lago rompendone le

monotone spiagge, insenavano il lago fra le terre, segnavano i limiti di estemporanee foreste, predestinavano insomma quelle plaghe pacificamente mediocri, ad un vero cataclisma tellurico prodotto da forze misurate ed infallibili. Bello sulla carta, io pensavo, ma lavoro di dieci anni. Mi avvidi ben presto come in Chicago dal detto al fatto e dal progetto all'opera poco ci corre e come una fantasiosa strapotenza meccanica vi abbia ridotto l'inattuabile ai soli assurdi matematici.

Ebbi di Chicago due impressioni diverse, una sensuale ed immediata, uscita dalla vista delle cose e delle genti. L'altra intellettuale o graduale, nata di cognizioni, di induzioni e di raffronti. A occhio la città mi parve abbominevole; riflettendoci la riconobbi ammirevole oltre ogni dire. Non ci vorrei dimorare per nulla al mondo; credo che chi la ignora, non conosce interamente il nostro secolo, del quale essa è l'ultima espressione.

Durante il soggiorno di una settimana, io non vidi in Chicago altro che tenebre più o meno fitte, fumo, nebbia, sporcizia, ed una sterminata moltitudine di gente affannata ed accigliata. Fanno eccezione certi remoti quartieri nei quali spira dalle piccole casette e dai minuscoli giardini un'aria tranquilla di soggiorno semi agreste e dove fa non sgradevole mostra una curiosa architettura a sghiribizzi divertente e puerile onde le case sembrano balocchi ad usi di gente ilare e posata che ci vive in assoluto riposo mangiando confetti, dondolandosi sugli immancabili seggioloni a bilico e contemplando oleografie.

Ma da queste inverosimili oasi in fuori, la grassa metropoli mi diede un senso di oppressione così grave che io dubito ancora se oltre le sue fabbriche esistano gli spazi celesti. Era nuvolo? Non lo so dire, perchè il cielo coperto spande una luce eguale e diffusa che non fa ombre, mentre là a seconda delle ore si allineavano lungo le case più fitti tenebrori. E non so nemmeno dire se splendesse una larva di sole perchè la visione delle cose vicine mi giungeva sempre incerta e confusa. Inclino a credere che quello spazio piano color caffè e latte che si stendeva lungo le basse falde della città per la larghezza a occhio di un trecento passi e che andava poi dissolvendosi in un grigione caotico, fosse il lago, ma non potrei attestarlo con sicurezza. Di certo i bastimenti, solcavano piuttosto una densa atmosfera che un piano acquoso.

Ricordo una mattina che capitai sull'alto viadotto di una stazione ferroviaria. Di lassù, la città sembrava covare un suo ultimo inesorabile incendio, tanto era avvolta di fumo. Anche in Nuova York, dal sommo del ponte Brooklyn si vedono salire al cielo a migliaia a migliaia, colonne di fumo: ma l'aria viva del mare e la nitidezza asciutta dell'atmosfera fanno sì che ogni getto fumoso si distingua per molta altezza da tutti gli altri onde tutti prendono un aspetto di vigorìa disciplinata che allontana ogni idea paurosa, mostrandoli effetto di volontà ordinate e sapienti. Là vedevo invece un nebbione grave e rassegato stagnare, nascondendo le proprie scaturigini, sull'immenso ammasso delle fabbriche nere. Pareva uscito da tutte le vie, dai tetti e dalle finestre ricadere in ogni dove come se l'aria intorno lo respingesse. E pareva fumo di incendio covante senza fiamma, anzi peggio che fumo una sorta di filiggine unta. Non deponeva infatti quel polverino secco che si leva poi di sui panni alla prima spazzolata, ma una patina viscosa e penetrante. Forse mi toccò in Chicago una settimana climaterica, motivo per cui non affermo che le cose siano, ma che io le vidi tali e di qui forse nasceva l'aria crucciosa ed ammusonata che leggevo su quasi tutte le faccie. Mi fece senso il notare come, frammezzo a tanta folla, pochissimi mostrassero di conoscersi a vicenda e scambiassero, non pretendo scappellate, ma cenni ed occhiate di saluto. Correvano tutti alla disperata. In Nuova York c'è più gente che in Chicago e non oziosa, eppure avvertivo per le vie la stessa nostra speditiva socievolezza. Là mi pareva che tutti fossero come me perduti, senza compagnia nel formidabile tumulto. O se due persone discorrevano fra di loro, era un parlare in tono di rammarico, con voce bassa e nasale senza la menoma varietà di accenti. Un russare fermo. Dicono che tutti gli americani hanno la voce nasale.

Quelli di Nuova York non mi pare od è ben poca cosa, ma dei Chicaini o Chicaesi che sia, si direbbe che la voce esca loro dalle narici e che l'articolazione si faccia nel faringe. È un fatto positivo che moltissimi nasi in Chicago, sono in continua condizione patologica. Ho veduto in molte vetrine certi apparecchi destinati a copertura del naso, sorta di cappucci nasali o nasi finti, ma senza intenzione d'inganno. In opera non ne vidi nessuno. Ottobre a quanto pare consente ancora, anche ai più delicati, l'uso del naso naturale, ma il regno degli artificiali doveva essere prossimo e non mi so perdonare di averne perduto lo spettacolo.

Il carattere principale della vita cittadina a Chicago è la violenza. Tutto vi è condotto alle estreme espressioni: le dimensioni, il movimento, i clamori, i rumori, le mostre delle botteghe, gli spettacoli, lo sfarzo, la miseria, l'attività, la degradazione alcoolica. Certi manifesti teatrali raffigurano a colorì ed a grandezza naturale tutti quanti gli attori di una compagnia, ed in eguali proporzioni le scene principali di un dramma. Passa per le vie una musica militare seguita da un drappello di generali in gran divisa, la bandiera che li accompagna, vi annunzia una nuova macina per il grano. Quel carrozzone, imperiale e reale, tutto bianco lucente a raggi d'oro che rumoreggia al trotto di quattro giganteschi cavalli bianchi, piumati ed infiorati, trasporta le carni sanguinolenti uscite dagli squartatoii: Armour and Comp. - Vedo ancora nel bel mezzo di un marciapiede, posata su di una colonna mozza, una boccia di cristallo, che le mie braccia non potrebbero cingere, piena fino all'orlo di denti anglo-sassoni. Il corredo, a farla misera, di ventimila mandibole. Tutti strappati dal dottor tale, diceva la scritta, il quale dimora qui contro. Già fu narrata la bella trovata di quel tappezziere di Chicago, il quale promise di regalare il fastosissimo mobilio di una camera nuziale a quei due fidanzati che avessero consentito di sposarsi nelle sue vetrine. Li trovò, fu allestita la scena, intervenne un pastore autentico, et fuerunt coniuges.

In una bottega di parrucchiere ho contato cinquanta seggioloni fissi dirimpetto ad altrettante specchiere, e serviti da altrettanti Figari. Il giorno del mio arrivo mi furono mostrati i ruderi ancora fumanti di una casa bruciata la notte innanzi. Il giorno della partenza (e dimorai in Chicago una sola settimana), vidi, in quello stesso luogo l'ossatura ferrea di un nuovo edificio, già levata all'altezza di un terzo piano e già compiuti i palchi d'ogni piano. Lo sgombero dei materiali inservibili, e la fornitura dei nuovi, seguono senza riguardi per il vicinato. Purchè restino libere le doppie rotaie dei tram, il suolo pubblico appartiene al primo occupante. L'urgenza della vita non consente delicatezze edilizie. Nel crocicchio delle vie, sui canti delle case, s'incontrano montagne di pietre tagliate, di mattoni, di travi e di regoli di ferro, rovesciati là nella furia dello scarico, e lasciativi finchè il graduale consumo della fabbrica vicina lo richieda. Al disagio dei passanti non pensa nessuno; si capisce che senza far teorie e per mero intuìto, ognuno sacrifica le piccole comodità individuali, al libero esercizio delle grandi forze meccaniche. Chicago non sarebbe la Città fungo (Mushroom City) come la vantano gli abitanti, se, come avviene presso di noi, le tutele minute dell'individuo, distogliessero dalla produzione e dallo accrescimento della ricchezza, una gran parte della attività collettiva. Se le stazioni ferroviarie dovessero, oltre il nucleo dell'edificio centrale, cingere con muri palizzate estesissimi terreni, intralciando le comunicazioni fra i diversi quartieri, non vi sarebbero così frequenti come il bisogno lo richiede. Se il correre di un treno fra l'abitato, vi inducesse il nostro preventivo apparecchio di sbarre e di catene e la vigilanza di mille guardiani, quel gran corpo non sarebbe così continuamente rissanguato. Nei passaggi a livello fra le case e fra il movimento urbano, una gran scritta colla parola Pericolo (Danger) ammonisce la gente di guardarsi attorno. Pensi ognuno a sè stesso. Il treno irrompe, scampanando come una chiesa nei giorni festivi, nulla frenando la sua corsa. La vita e la salute sono per chi ha occhi e mente.

Oh lo scampanare di quei treni! Le finestre della mia camera all'Hotel Richelieu davano, a quanto mi fu detto, sul lago, ma fra l'albergo ed il lago, correvano non so se venti o trenta binari di ferrovia. Ho voluto contare quanti treni passassero in un'ora. Ne ho contati 38, e tutte le ore si somigliano e la notte somiglia il giorno ed è un martellare a doppio dove il suono che va perdendosi, dall'un lato, preludia a quello che ingrossa dall'altro, ed ogni campana ha il suo timbro, ed ogni battocchio il suo ritmo, onde vi lascio pensare, la notte, i miei rendimenti di grazie.

Ed i tram? Ve n'ha d'ogni sorta e sugli stessi percorsi. A cavalli, a vapore, a trazione funicolare, a forza elettrica attinta ai fili aerei. Il loro movimento giornaliero è calcolato a due milioni di viaggiatori. Chi attraversa le vie principali, anche nei rari momenti che non ne passa nessuno, sente stridere sotto i piedi, per certe scanellature ferrate del selciato, le chilometriche catene d'acciaio che li trascinano da lungi. Dove la via scavalca su ponti giranti i canali navigabili che immettono il lago nella città, il tram elettrico s'interra come una talpa in tunnel profondissimi. La discesa comincia di lontano; il mezzo della via va sprofondandosi fra muraglioni sempre più alti, che a grado a grado le scemano la luce del giorno. Quel crescente crepuscolo vi mette in pensiero; la carrozza non ha apparecchi d'illuminazione e ci siete pigiati fra gente ignota e varia. Dal finestrino anteriore vi appare giù in fondo, la bocca nera del tunnel. Sarà dunque la tenebra chiusa? Ma, all'ultimo barlume di cielo ed al primo echeggiare della volta imminente, raggia intorno un fulgore che vi accieca. Il braccio aereo del tram, quello stesso che deriva moto dal filo sospeso, ne induce la corrente che va ad accendere i globetti fissi nelle pareti e a mano a mano che procede accende d'intorno e spegne dietro; onde un retrogrado potrebbe dire che porta bensì luce, ma lascia tenebre, se non che la luce è buona dove occorre e la tenebra che non nuoce si chiama risparmio di forza. Ad ogni modo, ed a quando io ne vidi in Chicago, quel tram fa più chiaro che madre natura, perchè quando sbuca all'aperto allora lo direste entrato nel chiuso.

La straordinaria abbondanza e la comodità dei tram e degli omnibus ed un poco anche i pessimi selciati, sono cagione che s'incontrino poche vetture di piazza e pochissime padronali. I piccoli veicoli non si confanno a quella enormezza di vita irruente. La frequenza degli ostacoli irremovibili li costringe al passo e la rete delle rotaie e le profonde affossature del suolo li sconquassano.

Poichè si discorre di veicoli non so tacere di un carro a mano, che mi occorse di vedere più volte, destinato a propaganda igienico-religiosa. Dico a mano perchè gli mancava il timone ed era spinto a forza d'uomo, ma un cavallo ci avrebbe fatto la schiuma. Era una specie di palco senza sponda, posato su quattro ruote piccole e nascoste, che portava un armonium assai voluminoso, uno sgabelletto, e cinque leggii massicci di ferro, reggenti, quello di mezzo un missale e gli altri musica. Andava intorno sull'imbrunire e procedeva rasente il rialzo dei marciapiedi. Sulle prime credetti una mascherata. Innanzi al carro, camminava un branco di gente, in gran parte negri, vestiti con panni luridi, color bruno, i pantaloni corti, ed il cappello a staio. I due primi reggevano teso fra due aste un logoro stendardo dov'erano scritti versetti biblici; degli altri chi batteva tamburelli, e chi salmodiava. Sul carro in moto, non c'era anima viva: gli attori di quella scena girovaga, ne erano ad un tempo i motori. Come il corteo giungeva dirimpetto uno spaccio di liquori, ad un ristorante non astemio, i porta stendardo piantavano l'asta, i moretti facevano cerchio ed i sei che stavano al tiro ed alla spinta, tre davanti e tre di dietro, saltavano sul palco. Questi erano tutti di razza bianca, faccie sospette ed arie compunte, lunghi soprabiti quondam neri, cappello a staio dal pelo arruffato. Uno sedeva all'armonium, un secondo sfogliava il missale, gli altri intonavano il canto fermo. Prima veniva la lettura di un passo morale, poi una ondata d'accordi e poi la lettura, i suoni ed il canto congiuravano insieme ad una dissonanza stridente. Il tutto in tono basso dimesso. Finita la salmodia, il corteo s'avviava verso altri luoghi di perdizione alcoolica. Predicano ben inteso al deserto; la gente passa, non guarda, non approva e non ride, i bevitori non se n'hanno per male, e gli apostoli peripatetici, non sembrano avvertire nè l'indifferenza della folla, nè la folla istessa. A che mirano? Che sperano? Gli uni li fanno santi e gli altri pazzi; ma questo avviene di tutte le imprese insolite e volte ad intenti remoti. A vederli tanto incuranti di non far colpo, li sospettai salariati; mi fu assicurato che non sono. Ad ogni modo la trovata e la sua attuazione hanno pure quel carattere estremo che ho notato dianzi. E lo stesso carattere estremo ha il vizio che vorrebbero e non poterono fin'ora nè correggere nè attenuare.

Ho già descritto l'abbrutimento alcoolico dei troppi americani, ma notai in Chicago e pochi giorni appresso in Cincinnati, un fatto che mi pare significativo in sommo grado. All'uscita dei teatri, la folla mascolina si riversa volontieri nei Baar, a bere il Whisky od il Cocktail ed a rossicchiare a stimolo della sete, certe croste di pane o bocconi di cacio fresco, serviti gratis agli avventori. Tra lo sgretolare quei cibi duri e le reiterate bevute, vien fatto di doversi forbire le labbra. Orbene, molti Baar e non degli infimi in Chicago ed in Cincinnati, in luogo di dare ad ogni avventore che ne faccia richiesta quel tovagliolo frangiato, che usa presso di noi, dispongono un servizio collettivo di forbitura il quale svoglierebbe della nettezza, il gatto più leccato che sia al mondo. Lungo tutto il banco di servizio corre dalla parte del pubblico, a mezza altezza, un bastoncino tornito retto ai capi e nel mezzo da ganci metallici di squisita fattura, e pendono, per anelli scorrenti, dal bastoncino, più tovaglioli da tavola, i quali sono rinnovati ogni giorno, e chissà forse due volte il giorno, ma non più. A questi, come capita, i bevitori si asciugano i baffi e forbiscono la bocca. Bocca baciata rinnova come fa la luna, dice il Boccaccio, ma tovaglia così baciata, non rinnova e serba il segno. Fatto sta che la sera, tra il colore, l'odore ed il madore, quelle tovaglie sono parlanti e a chi le adopera pareggiano le partite del dare e dell'avere, anzi credo che rendano più che non ricevono. Ebbene, ho veduto dei signori in tuba, col pastrano color nocciuola, i pantaloni debitamente rimboccati all'inglese ed i solini irreprensibili, recarsele alle labbra, come se fossero pur ora uscite di bucato.

Alla stregua dunque delle senzazioni immediate, Chicago non è piacevole, e chi ci arriva diritto d'Europa, se gli capita addosso il nebbione fumoso che è toccato a me, la trova abbominevole addirittura. Ma la misura che ne trae delle energie volitive, intellettuali e fisiche di cui l'uomo è capace, la nozione di un assetto sociale semplice e progressivo, la vista di tante vie aperte alla operosità umana, lo spettacolo di tanta ricchezza naturale e del suo moltiplicarsi nel lavoro, lo conducono insieme ad un concetto così chiaro, così largo e così poderoso della vita attuale, e ad un così sicuro presentimento di quella avvenire che gli fanno ben presto scordare il disgusto sofferto, se non arrossirne.

Dal momento che ne sono partito, Chicago è venuta sempre più ingrandendosi e nobilitandosi, nella visione ideale che ne serbo. Ricordo i particolari disagi e tutti i minuti fatti intorno ai quali si esercitava la mia critica vanitosa di raffinato, ma nella impressione generale che mi resta della grande città questi non trovano modo di intervenire. Il nome di Chicago non me li richiama alla mente e per scriverne ho dovuto cercarli di proposito nei ripostigli della memoria.

Se le reminiscenze classiche si potessero applicare ad un popolo sciolto dagli impacci tradizionali, vorrei dire che Chicago mi diede l'idea di una romanità meno formale della nostra antica, e di tanto più larga di quanto la terra è cresciuta da Roma in poi. Già i suoi abitanti hanno un acutissimo orgoglio cittadino e volentieri daterebbero l'era presente dalle prime origini della città che ancora qualche testimonio vivente può ricordare. Come gli americani in generale si tengono da più degli europei, così gli abitanti di Chicago si tengono da più di ogni altro americano; orgoglio che attirò su di essi l'antipatia delle città ormai storiche degli Stati Uniti. New-York maschera con un ostentato disprezzo l'inquietudine che le cagiona la sua rivale dell'Ovest alla quale contese per alcun tempo e dovette alla fine cedere la sede della Esposizione Colombiana. Chicago avverte queste gelosie inquiete e s'industria di meritarle sempre più. Essa ricava dalla fede imperterrita nel proprio destino, un sentimento di dignità civica che si direbbe uscito da fasti secolari.

Ne citerò un esempio d'indole quasi letteraria.

Tutti ricordano una sommossa di anarchici seguita in Chicago parecchi anni or sono. Il governo dell'Illinois al cui stato appartiene Chicago, non ci andò con mano leggiera: per quattro policeman uccisi, quattro anarchici salirono le forche. Ma non bastò la punizione dei colpevoli e si volle onorare con un monumento le vittime del dovere. Noi facciamo sempre le statue «ad personam» ed abbiamo inoltre fissata una specie di gerarchia statuaria che non consente bronzi nè marmi ai gradi minori. Là, nel Lincoln park dove sorge il monumento al generale Grant, fu eretta, poco discosto da quello una statua raffigurante l'infimo fra gli ufficiali della legge: il policeman.

Il piedestallo reca la data della sommossa e questa iscrizione veramente romana:

IN THE NAME OF THE PEOPLE OF ILLINOIS
I COMMAND PEACE.

NEL NOME DEL POPOLO DELL'ILLINOIS
IO COMANDO PACE.

Da quando sono venuto dicendo parrebbe uscirne che a Chicago non torni proprio il conto di andarci, perchè le impressioni sensuali ed immediate ne sono sgradevoli ed alla sua nozione intellettiva devono bastare i molti libri che ne trattano in disteso. A me non preme di mandarci nessuno, ma ognuno vede meglio coi suoi occhi che con quelli degli altri. Certo i libri che ci si mettono di proposito, raccolgono più notizie che non possa raccogliere il comune dei viaggiatori, ma dalla vista delle cose reali ognuno di noi, per un processo inconsapevole, trae per l'appunto quelle notizie, che meglio quadrano al nostro ingegno e lo mettono in moto. Il libro deve di necessità esporre i fatti in ordine successivo e li espone poi sempre in quella mostra che meglio torna ai ragionamenti dell'autore. La realtà li colloca nel loro ordine simultaneo e voi ci ragionate di vostro.

I libri mi avevano raccontato di Chicago assai più cose che io non ci abbia veduto e molte maraviglie che non ebbi nè modo nè voglia di accertare. Imparerete dal libro che la popolazione salì in sessanta anni da cento abitanti ad un milione e mezzo, che nell'incendio del 1871 andarono distrutte 17,500 case, che i capi di bestiame uccisi nell'annata, ammontano a dieci milioni, e ad un miliardo le scatole di carne conservata, senza contare quella spedita in barili; che vi arrivano in media ogni giorno cento e settantacinquemila forestieri. Ma quando leggete che un livello di un intero quartiere della città, fu portato per risanarlo, cinque, sei, otto, metri, più alto che non fosse, la nozione ideale non è, e di gran lunga, comparabile a quella che esce dalla misura dei luoghi, dalla vista delle fabbriche. Le quali furono sollevate di peso, e tenute in bilico, fino a che il suolo salisse a ricaricarsele. E scommetto che chi legge si rappresenta qui delle casette a due piani e chissà non di legno. La mente per darsi pace, se la lasciate fare, ricorre al più facile. Bisogna vedere quali moli fossero e di qual peso, e come intrecciate, ed in quante ressero alla prova, o meglio ci furono messe, perchè non ne andò sfasciata, nè guasta neppur una.

Così quando il Reclus registra i 471 chilometri quadrati di terreno attribuiti per legge dello Stato al territorio municipale di Chicago, ed aggiunge che tale immensa distesa non è però ancora interamente fabbricata, al pensiero del lettore si affacciano i famosi piani d'ingrandimento delle nostre città, destinati a giacere anni ed anni lettera morta negli archivi municipali. Ma chi percorra quelle plaghe scoperte, vi trova segnata la misura di ogni singolo edificio, e visibilmente tracciate le vie di là da venire, con stecconati e marciapiedi, e scritto su tavole affisse il nome ed il numero di ogni via, onde la città promessa gli si rappresenta imminente, sì che egli può imaginarne le forme e l'ordinamento e trarre dalla visione di un'opera appena concepita e già simultaneamente in mille punti diversi avviata a compimento, la nozione di una attività senza esempio.

Per finirla, noi impariamo dai libri, che Chicago è ad un tempo, il maggiore emporio che sia al mondo di ricchezze naturali ed uno dei maggiori centri di produzione industriale, ma chi non ne vide in movimento le genti e le cose, non può comprendere come quei due elementi della prosperità sociale, vi si compenetrino di continuo in modo indissolubile. Nelle altre città, vi sono quartieri diversamente improntati dalle diverse funzioni della vita. Qua i depositi di mercanzie ed il loro movimento, là il lavoro industriale, altrove il traffico del denaro, o i minuti spacci, e ristretti in certi quartieri, il lusso, l'eleganza, e quanto riflette le diverse maniere di godimento. Il forestiere che non muovono speciali curiosità, dimora e s'aggira per lo più in questi ultimi rioni privilegiati e cosmopoliti, ai quali soli è applicabile la sentenza: tutto il mondo è paese. E perchè le cose non vanno a lui, egli le ignora, o se le cerca, ne riceve altrettante conoscenze separate, che la ragione potrà in seguito coordinare, ma che male combinano insieme in un concetto complessivo.

Ben altro segue in Chicago, dove tutta la vita e tutti i modi e le ragioni della vita, sono ad ogni momento ed in ogni luogo, e quasi nella stessa misura, presenti ai sensi del visitatore. Non occorre cercare, e non è possibile non vedere. Non vi sono quartieri privilegiati, se non i più eccentrici cui ho accennato di sopra, dati alle dimore riposate ed agli ozii domenicali. Fuori di questi, dovunque andiate, i carri mastodontici, che fanno tremare le case, il fumo che vi accieca, i fetori che vi tolgono il respiro, gli ingombri di mercanzie che vi sbarrano il passo, le montagne di sacchi ammucchiati nei piccoli cortili, il trambusto degli scarichi, la violenza dei facchini, i fischi e lo scampanare di cento convogli interminabili, la furia della gente, vi comandano insieme di avvertire l'azione contemporanea e la complessità formidabile di tutte le forze terrestri ed umane. E mentre concepite così quale posto tenga, nella vita del mondo, questa città nata ieri, sentite sorgere in voi un sentimento che non è di sola stupefazione alla vista di tanto lavoro e di tanta ricchezza, ma anche di rispetto per le loro legittime applicazioni e derivazioni. I quartieri bancari di Parigi, Londra, New-York, ci richiamano in mente la definizione che il Dumas figlio diede degli affari «Les affaires c'est l'argent des autres» dove è inclusa l'idea delle finzioni e delle trappolerie onde nascono le fortune estemporanee.

In Chicago, anche un uomo ignaro affatto, come io sono, della scienza economica, avverte la probità di una ricchezza fondata sulla presenza corporea delle cose utili all'uomo. Si capisce che l'attività umana, vi è tutta intesa ad accrescere il valore reale delle cose e che le ricchezze individuali procedono da veri contributi dati alla prosperità universale.

A differenza dei tedeschi, dei francesi e degli spagnuoli, i figli nati in America di padre italiano, non di rado ignorano del tutto e spesso storpiano in barbaro modo la lingua paterna. Ai francesi giova l'influenza canadese e la loro imperturbabile sicurezza; ai tedeschi ed agli spagnuoli, l'importanza numerica, l'attività industriale e la compattezza delle loro colonie. I nostri emigranti, non si assodano, per lo più, durevolmente sulla terra americana, ma vi passano come in luogo di pena. Ne consegue che i pochi veramente americanizzati hanno con essi relazioni superficiali ed effimere. Si può dire che nella America del Nord, fatta eccezione di New-York e forse di San Francisco, vi sono bensì molti italiani, ma una vera e propria colonia italiana non c'è. Le ragioni di questo fatto sono molte e complesse: nè io mi lusingo di conoscerle tutte nè di saper ordinare con criteri scientifici quelle che conosco. Accenno alle più evidenti che indussi laggiù dal continuo discorrere con gente esperta.

Prima ragione è la irresistibile attrattiva del nostro paese, che è davvero il più bello del mondo, ed il modesto concetto che abbiamo, in generale, della agiatezza, e quindi i modesti bisogni, ed una inclinazione, anche nella gente meno colta, alla quietudine contemplativa. Il genovese, ha fama di essere il popolo più attivo ed industre d'Italia. Ora chi percorre le campagne liguri si imbatte in mille minuscoli poderetti cui la gente del luogo dà un nome che ricorda l'America. Una casupola ed un chiuso d'olivi quanto basta a camparci due persone parsimoniose, sono il premio finale che spinge oltre i mari e sostiene nelle più dure fatiche, i figli della più forte razza d'Italia. E come l'hanno conseguito, non c'è promessa di maggior ricchezza che ne indugi il ritorno.

L'emigrato tedesco e l'irlandese, come hanno fatto un po' di peculio, lo gettano nelle industrie che li arricchiscono e alla patria non ci pensano più. Ma la terra, il cielo ed il clima d'America non sono da meno da quelli di Germania e d'Irlanda, e d'altra parte l'emigrato tedesco trova negli Stati Uniti più centri importantissimi d'industria interamente germanici e città quasi tedesche, come Milwaukee sul lago Michigan che innonda l'America di birre deliziose, ed altre dove l'elemento tedesco è prevalente, come in Chicago. E l'irlandese trova nella lingua ufficiale degli americani, come una continuità di patria, senza contare i mille aiuti ed i mille conforti che procedono dall'intendere e dal farsi intendere a modo.

E qui è da cercare un'altra ragione della tenue compattezza delle nostre colonie.

Gli operai degli altri paesi trovano arrivando in America, moltissimi centri patrii d'industrie dove allogarsi e dove attingere le nozioni necessarie alla nuova vita ed all'evenienza aiuti e consigli. I nostri, devono ricorrere e per collocamento e per imparare la vita, e per farsi intendere, o per mettere al sicuro (Dio sa quale sicurezza) i risparmi, e spedire il danaro in Italia, a gente che fa di tali uffici, una speciale professione. Di qui una caterva di piccoli traffichi parassiti, di piccole agenzie senza nome, di minuscole banche, di locande protettrici, le quali vivono di seconda mano sul guadagno degli emigranti, giovandosi della loro sospettosa ignoranza e dello sbalordimento in cui li mette l'enorme vita americana. I consoli i quali sanno e vedono e commiserano, vorrebbero mettere riparo a tanto danno. Ma gli ufficiali del governo, ispirano alla povera gente un rispetto più vicino alla paura che alla fiducia.

Gli emigranti dell'alta Italia, tanto tanto si piegano a crederci o ne fanno le mostre, ma i meridionali i quali sono in maggior numero, ne hanno un sacro terrore addirittura. Quando il Console domanda loro:

- Dove avete messo il vostro danaro?

- Lo dato al compare.

- Perchè non lo mettete ad una cassa di risparmio?

- Lo tiene il compare.

- E se il compare se lo mangia?

(Sorriso beatamente sicuro).

- E ne mandate a casa?

- Ne manda il compare.

- E come fate per il cambio?

- Ci pensa il compare.

E non se ne esce: il compare fa, disfa, prende, tiene in serbo, mette a profitto (per suo conto si intende) e qualche volta scappa.

Allora il poveraccio torna al Console per soccorsi, e come questi gli dice: Avete visto il compare? quello si stringe nelle spalle ed esclama: Chi l'avrebbe creduto! Uno del paese! Ma ora ce n'ho un altro, che è un fiore di galantuomo.

Queste cose laggiù, le raccontano tutti. Tutti ben inteso quelli che non ci vivono sopra ed i Consoli ne sono scorati. Mi fu raccontato di compari che del danaro avuto in deposito, non solamente non danno interesse, ma ritengono ancora una parte, sia pur minima, a titolo di compenso per la cura che ne hanno. Altri si fanno pagare il cambio in carta italiana, quando l'argento e l'oro europeo perdono sulla carta degli Stati Uniti. S'intende che non sono tutti briccioni, nè la maggior parte; i più esercitano con probità l'industria parassita che l'ignoranza del nostro popolo e le nostre condizioni economiche hanno reso necessaria. Ma l'esercizio larghissimo di questa industria non lascia di essere un elemento dissolvente. L'attività applicata ai prodotti della terra, alle trasformazioni meccaniche della materia, al movimento ed allo accrescimento della ricchezza, ha in America un campo d'azione così vasto che tutti ci trovano posto, onde è raro che la prosperità degli uni impedisca o scemi quella degli altri. Invece, il campo di quel minutissimo traffico è ristretto a poche migliaia di lavoratori. Ogni nuovo sensale o banchiere o compare che sia, usurpa a tutti gli altri una particella della loro clientela e dei loro guadagni. Ognuno tira l'acqua al suo mulino, ma quando l'acqua è poca ed i mulini sono troppi, i mugnai fanno baruffa! E quanto allargata ed allargantesi di continuo, così da invelenire anche la gente che non macina di quella farina e non ne campa.

Sono ire senza fine e senza misura, che non si restano ai soli rivali interessati, ma colpiscono l'amico del rivale, il fornitore, il medico, il barbiere del rivale, il ristorante dove il rivale usa a desinare. Così d'uno in altro le inimicizie ingrossano e s'intrecciano, e vanno ad intristire tutte le funzioni della vita. Aggiungete le nostre soavi tradizioni patrie così piene di rancori, d'invidie e di superbi provinciali, aggiungete le poco riguardose abitudini americane, e la sconfinata libertà della stampa, e le non infrequenti macchierelle e talvolta le macchiaccie originarie, che alcuni emigranti, in special modo fra le persone colte, sperano invano di lavare nella traversata oceanica e che sono loro rinfacciate al primo por piede in terra d'America, e potrete farvi un'idea dei mille pettegolezzi litigiosi che disgregano di continuo quelle nostre colonie. Non mancano gli spiriti equi che se ne rammaricano. Ho inteso in Chicago, medici, professori, artisti, negozianti lagnarsi di quei dissidi come di gravissima disgrazia. Perchè degli italiani colti ed illuminati se ne trovano molti in ogni città. Se non che essi alieni dalle beghe, finiscono con appartarsi in circoli ristretti e coi connazionali non hanno altri rapporti che di consiglio nei casi gravi, o di soccorsi spiccioli, o di concorso alle opere di beneficenza od alle manifestazioni officiali della colonia. Si capisce che quando adoperassero altrimenti l'onda dei pettegolezzi li travolgerebbe.

Il mass meetings cui ho assistito in Chicago, mi ha dato la misura del pericolo che li minaccia.

Vi assistevano forse un trecento persone: operai, capi-squadra, esercenti, negozianti, dottori, professori, una rappresentanza eletta e sincera della emigrazione italiana. Intendevano, come ho detto, di dare al Console un attestato di stima e di sgravarlo da immeritate accuse. Fino a che si trattò di mettere in sodo il fatto della bandiera e di attestarne la presenza alle finestre consolari fin dalle prime ore della mattina, furono buone ragioni e dette con serietà misurata. Poi vennero gli elogi al Console sinceri e serii ancor essi: se non che già il tono oratorio s'era fatto più alto. Alla fine passarono per così dire alla parte polemica, a dichiarare cioè le ragioni delle animosità verso il rappresentante del patrio governo, a confutare e a confondere i denigratori. Confondere, a distanza perchè i denigratori non erano presenti e l'assemblea era tutta per il Console, ma di ragione avrebbero risaputo ogni cosa. Quest'ultima parte del trattenimento fu certo a criterio d'arte la più bella. Quali filippiche e quanta magniloquenza! E quale vocabolario! Le parole: ladro, buffone, falsario, spergiuro, galera, sputo, fango, forca, ricorrevano come gli imperciocchè, gli adunque ed i verbigrazia nei discorsi accademici di una volta. Ma la sostanza vinceva la forma. Essa rivelava una tale comica e fitta rete di vanità, di bizze, di intrigucci, di dispetti, di piccinerie, da fornire materia ad un Goldoni di non più visto capolavoro.

Era discorso di cose che non avrei saputo imaginare mai. Se il Console fosse intervenuto al ballo della società: Lancieri di Firenze? - Sì - No. - Era entrato a braccio del presidente. - Ma non aveva bevuto il Champagne e ne aveva bevuto invece due bicchieri al ricevimento della società: Piemonte Reale. - Non è vero: dei Carabinieri del Volturno. - Chè, scambiate col Console di prima! - E avanti di quel passo, con incidenti gustosi a scatti e motti di un'arguzia lepida e mordente. Ricordo un toscano, sulla sessantina, alto, asciutto e brioso con dignità. Era presidente di una di quelle società dal titolo militaresco della quale non mi torna il nome, come non giurerei che i nomi riferiti dianzi siano proprio i veri - ma somigliano. Parlava con quelle deliziose sgrammaticature del contado toscano, che sembrano accrescere purezza all'accento e proprietà alle parole. Aveva un'eloquenza furba e reticente, si lanciava con foga in un periodo rotondo e poi quasi per subito accorgimento critico lo voltava in ridere con allusioni accennate appena e lasciate in sospeso. Ma quanto non diceva con parole esprimeva cogli occhi e con una certa scossettina del capo tutta malizia. Di quegli accenni a cose taciute io ben inteso non afferravo che l'intenzione generica, ma l'uditorio non ne perdeva una briciola, e se ne deliziava.

Durante la scena io andavo pensando che quella gente erano in gran parte lavoratori accaniti, pieni di forza e di coraggio e leggendo loro sul viso le traccie di fatiche e di privazioni eroiche, mi dicevo che in ultimo quel poco spasso era loro ben dovuto come cosa salutare ed esilarante. Ma poi ripensandoci e ricordando certi scatti veramente irosi e occhiate piene di rancore e le mille viperette guizzanti tra i fiori della grossa rettorica, già edotto dai discorsi di persone benevoli e posate, consideravo il danno che recano a questi esiliati i livori quasi domestici, ed il disgregamento nelle maestranze. Lontani dalla casa, mal secondati dalla gente del luogo, mal forniti, mal parlanti la lingua del nuovo paese, esposti alle cupidigie di cento speculatori, ignoranti le leggi locali, la disunione li disarma sempre più e li mette in discredito. Se in luogo di spartirsi nelle minuscole società dei Carabinieri, dello Stato Maggiore, dei Bersaglieri e dei Cavalleggieri, si raccogliessero in una sola Società degli Italiani e la volgessero ad agevolezze di lavoro, a tutela nelle controversie giudiziarie, a collocamento dei risparmi quotidiani, la colonia si assoderebbe, ed acquisterebbe credito e forza.

CAPITOLO IX.

Due italiani in America.

Di due italiani vanno a giusto titolo orgogliosi gli italiani residenti in New-York. Uno morto ora sono dieci anni, l'altro vivo valido ed operoso sul limitare della vecchiezza. Fortunosi entrambi, il primo ebbe immeritatamente contraria, il secondo meritatamente propizia la fortuna. Quegli sostenne con serena dolcezza la sorte nemica e fu buono e soccorrevole nell'avversità; questi sostenne con virile semplicità i prosperi eventi e fu ed è buono e soccorrevole fra gli agi e gli onori. Tutti e due divenuti cittadini americani serbarono in cuore vivissimo e sacro l'amore ed il culto della madre Italia. Di uno l'Italia deve rivendicare il nome alla storia delle invenzioni scientifiche ed industriali; il nome dell'altro è scritto con gloriose note nella storia americana della guerra di secessione ed in quella universale delle maggiori scoperte archeologiche. Il primo si chiamò: Antonio Meucci, il secondo si chiama Luigi Palma di Cesnola .

Antonio Meucci nacque in Firenze l'anno 1804. Emigrò giovanissimo nell'America del Nord, dove si diede ad esercitare l'arte del macchinista teatrale, un'arte che richiede mente ingegnosa e pronta ed industre facoltà inventiva. Tenne in tale qualità parecchi teatri degli Stati Uniti e nel 1849, fu macchinista capo all'Opera house in Santiago di Cuba. Ma insieme alla cura delle macchine sceniche, per nativa inclinazione e quasi a svago dei faticosi lavori, egli attendeva a studi di fisica sperimentale, applicandosi di preferenza ai fenomeni del suono. Sia che l'ardore dello studio lo svogliasse del mestiere, o che questo gli venisse in uggia per la irritazione che induge l'urgenza degli allestimenti serali (i macchinisti teatrali ogni sera smaniano e bestemmiano come turchi) o sia che avesse per ignote cause perduto l'impiego, fatto sta che nel 1851, lo troviamo in New-York esercitare un'industria che non ha nulla a che fare col teatro. Forse, a furia di tirar moccoli, gli era venuta l'ispirazione di fabbricar candele. In Clifton, piccolo villaggio nella Staten Island, mostrano ancora la casetta e la fornace dov'egli viveva tra barili di sugna e matasse di stoppini e dove appunto nell'anno 1851 tenne in qualità di commesso e di manovale Giuseppe Garibaldi, già vantato eroe dei due mondi, profugo e povero dopo le tragiche glorie dell'assedio di Roma. È bello riportare qui dalle memorie di Garibaldi il brano che si riferisce a questo commovente periodo della sua vita.

«Un brav'uomo mio amico, Antonio Meucci fiorentino, si decide a stabilire una fabbrica di candele e mi offre di aiutarlo nel suo stabilimento. Detto fatto. Interessarmi alla speculazione non lo potevo per mancanza di fondi; mi adattai quindi a quel lavoro colla condizione di fare quanto potevo.

«Lavorai per alcuni mesi col Meucci il quale non mi trattò come un suo lavorante qualunque, ma come uno della famiglia e con molta amorevolezza.

«Un giorno però, stanco di far candele e spinto forse da irrequietezza naturale ed abituale, uscii di casa col proposito di mutar mestiere. Mi rammentavo di essere stato marinaio, conoscevo qualche parola d'inglese e mi avviai sul litorale dell'isola ove scorgevo alcuni barchi di cabottaggio occupati a caricare e a scaricare merci. Giunsi al primo e chiesi di essere imbarcato come marinaio. Appena mi dettero retta coloro che scorgevo sul bastimento, e continuarono i loro lavori. Feci lo stesso avvicinando un secondo legno ed ebbi medesima risposta. Infine passo ad un altro ove si stava lavorando a discaricare e dimando se mi si permette di aiutare al lavoro e n'ebbi in risposta che non ne abbisognavano. - Ma non vi chiedo mercede - io insistevo: e nulla. Voglio lavorare per scuotere il freddo (vi era veramente la neve) - meno ancora. Io rimasi mortificato.

«Riandavo col pensiero a quei tempi ov'ebbi l'onore di comandare la squadra di Montevideo, nonchè il bellicoso ed immortale esercito. A che serviva tutto ciò? Non mi volevano. Rintuzzai infine la mortificazione e tornai al lavoro del sego. Fortuna ch'io non avevo palesato la mia risoluzione all'eccellente Meucci, e quindi, concentrato in me stesso, il dispetto fu minore. Devo confessare inoltre non essere il contegno del mio buon principale verso di me, che mi avesse indotto alla intempestiva mia risoluzione; egli mi era prodigo di benevolenza e d'amicizia, come lo era la signora Ester sua moglie.

«La mia condizione, non era dunque deplorabile in casa del Meucci, ed era proprio stato un eccesso di malinconia che m'aveva spinto ad allontanarmi da quella casa. In essa io era liberissimo, potevo lavorare se mi piaceva: e preferivo naturalmente il lavoro utile a qualunque altra occupazione; ma potevo andare a caccia qualche volta, e spesso si andava a caccia collo stesso principale e con vari altri amici di Staten Island e di New-York che spesso ci favorivano colle loro visite. In casa poi non vi era lusso, ma nulla mancava delle principali necessità della vita, tanto per l'alloggio che per il vitto.»

Lo stesso anno che fu principale di così inverosimile operaio, il Meucci proseguendo sempre i suoi studi sulle onde sonore e sulla trasmissione dei suoni lungo le corde, pervenne finalmente ad una vera e propria invenzione. Composti due coni tronchi di carta, chiuso ognuno dalla parte superiore da una membrana elastica, fece correre dall'uno all'altro un filo che metteva capo alle due rispettive membrane. Uno dei coni consegnò ad un amico dimorante nella casa dirimpetto alla sua; tenne l'altro presso di sè così che il filo congiuntore dovesse traversare la via che si trovava essere larghissima. Parlando egli senza punto levare la voce entro uno dei mezzi imbuti, l'amico dall'altra ne raccoglieva chiara ogni parola e gli rispondeva allo stesso modo. Quel primitivo apparecchio ridotto ora ad un balocco per i fanciulli, conteneva in forma rozza ed iniziale, la trovata del telefono e fin d'allora ebbe nome di telefono dal suo inventore.

Conscio delle future applicazioni, già piena la mente delle aggiunte e dei ritocchi, il buon Meucci innanzi di licenziare la scoperta, attese a perfezionarla con metodo scientifico, finchè mediante il sussidio dell'elettromagnetismo ottenne che la trasmissione delle vibrazioni sonore potesse avvenire a grandi distanze.

Io non starò qui a descrivere l'apparecchio ultimo in cui si aquietò lo spirito acuto e diligente del nostro fiorentino. Lo si trova descritto in tutti i prontuari delle invenzioni, dove, ben inteso, del Meucci non si fa nemmeno il nome, tanta oscurità pesa sui fabbricatori di candele. Ci vollero anni e lustri di studio e di affannosi esperimenti innanzi che la piccola macchina uscisse dalle mani creatrici compiuta ed atta ad effetti sicuri e costanti. Intanto la fabbrica languiva e fu dovuta dimettere. Il Meucci lasciò là casetta di Staten Island e si raccolse in New-York, dove cominciò a campare di stenti e di speranze.

Come stimò che l'invenzione fosse matura ne propose l'esame e l'acquisto al Grant, presidente della New-York District Telegraph Company: ma tenuto a bada per due anni con mirifiche promesse, e persuaso dagli amici ad assicurarsi almeno il brevetto d'invenzione, consegnò all'ufficio delle patenti di Washington la minuta descrizione dell'apparecchio, contro ricevuta in piena regola, alla data 23 dicembre 1871: venti anni giusti dopo di aver trovato l'idea primitiva, dopo di averla in forma rudimentale mandata ad effetto. Dal lungo spazio di tempo trascorso senza che altri intervenisse con scoperte affini, appare quanto fosse originale e geniale la prima trovata. E trascorsero altri cinque anni prima che a nessuno venisse in mente di poter trasmettere i suoni a distanza. Il Meucci, forte del suo brevetto, aspettava fiducioso quel colpo di fortuna che sorride di lontano a tutti gli inventori.

Il colpo venne, ma fu una mazzata. Nel 1876 i giornali americani strombazzarono la meravigliosa scoperta del telefono, opera del prof. Graham Bell di New-York e la costituzione di una società industriale intitolata: Bell Telephone Company. Il nostro amico fiuta un latrocinio: corre all'ufficio delle patenti di Washinton, produce la ricevuta ed il brevetto, e domanda la restituzione delle carte depositate cinque anni addietro. Cerca, cerca, le carte non si trovano. Meucci ritorna a New-York, raccoglie gli amici, espone il caso, dimostra l'identità colposa delle due scoperte, trova generoso patrocinio nella stampa, mette il mondo a rumore. Inquieta di peggior danno la Bell Telephone Company gli fa offrire, in secreto, una somma di quattrocentomila dollari (due milioni di lire), purchè dimetta la rivendicazione di ogni suo diritto. Era assai più di quanto avrebbe potuto conseguire, data l'età ormai tarda (il Meucci contava allora 72 anni) da un fortunatissimo esperimento industriale dell'opera sua. Era l'avveramento, ad usura, delle sue lunghe speranze di fortuna, ma in pari tempo la rinunzia ai sogni di gloria, che lo avevano sostenuto e rasserenato nella miseria. Un americano, avrebbe accettato, l'impenitente idealista, già educato dal primo mestiere a costruire castelli in aria e ad appagarsene, rifiutò di netto. Egli voleva il suo, tutto il suo, non già in dollari sonanti ma in suono di plauso al nome oscuro ed alla patria lontana. Un amico che lo frequentava in quei tempi, mi raccontò com'egli andasse ripetendo: È scoperta italiana e non c'è oro al mondo che la possa americanizzare. La società doveva chiamarsi Meucci Telephone Company, il nome dell'usurpatore doveva vergognosamente sparire dai manifesti.

Già la verità aveva fatto strada, s'erano scoperte frodi ingegnosissime dell'ufficio patenti, si sapeva per quale via sotterranea (e la parola va intesa alla lettera) gli ufficiali addetti a quell'ufficio trasmettessero a danarosi compari e fra questi alla Bell Telephone Company, i documenti, tradissero i secreti affidati alla custodia dello Stato. Una buona lite avrebbero messo in chiaro ogni cosa e rivendicato il diritto ed assicurata la prosperità del Meucci. Ma negli Stati Uniti d'America, peggio assai che presso noi, le liti le intavola chi vuole, le sostiene chi può. E potere non vuol dire essere armato di buone ragioni, ma di buona e copiosa moneta. I giornali di New-York, tranne alcuni pochi agli stipendi degli arruffoni, tenevano le parti dell'italiano spennato, contro i ricchi ladri connazionali, ma la procedura trascinava in cavilli indugiatori che davano fondo alle poche ultime risorse del Meucci. Al certo il buon vecchio, benchè di fibra tenace, sarebbe morto prima che nemmeno gli albeggiasse di lontano il giorno della giustizia, se non sopravveniva un fortunato incontro di casi a mettere dalla sua un nuovo litigante, ben altrimenti poderoso e destro.

Nel 1885, accampando la famigerata Bell Company infondate o almeno esagerate pretese verso le finanze dello Stato (si trattava di parecchi milioni di dollari) in conseguenza appunto di certe convenzioni per l'esercizio del telefono, il Governo degli Stati Uniti deferì la questione ai tribunali. Faceva comodo al Governo di contestare non soltanto l'entità del debito, ma il debito stesso. Nulla di meglio che aprire finalmente gli occhi sulla frode iniziale, nota ai governanti da più anni, e colpire gli ingordi, ma pure a lungo tollerati, usurpatori. La frode questa volta fu messa in chiaro ne' suoi più minuti procedimenti. Intervennero sentenze diverse, e prove e riprove e controprove, tirate di lungo per lo spazio di tre anni, finchè d'uno in altro grado di giurisdizione, si pervenne, come Dio volle, al supremo, e nel 1888 la Court of the United States, restituiva al nostro concittadino il merito della scoperta, sentenziava dovere il telefono, prender nome dal Meucci, e dimettere quello del Bell, ed assolveva lo Stato da ogni pagamento verso la fraudolenta Compagnia. Così la giustizia entrava di straforo nei pronunciati giudiziarii, tarda e barbina, perchè al vecchio ottantaquattrenne riconosciuto inventore di uno fra i più meravigliosi trovati del secolo, non fu attribuito nessuna sorta di compenso. Gli usurpatori s'erano arricchiti, lo Stato la faceva grassa, il Meucci moriva un anno dopo, nell'ottobre 1889, povero in canna com'era vissuto. Gli si celebrarono solenni funerali a spese del governo italiano; il Console d'Italia ne accompagnò la salma al crematoio, ed una lapide registrò il suo nome sulla casetta della Staten Island.

Domandate intorno chi sia l'inventore del telefono, e di quelli che sanno dare una risposta, novantanove su cento, nomineranno anche oggi, il prof. Graham Bell di New-York.

Sul finire del 1860 un giovine ufficiale italiano giungeva in New-York, gittati, o dispetto o capriccio o voce imperiosa del destino, gli spallini già conquistati volontario sedicenne sul campo di Novara e portati con onore su quelli di Crimea combattendo nella legione straniera al servizio dell'Inghilterra. Si chiamava con un nome patrizio chiaro nei fasti del risorgimento italiano. Suo nonno, il conte Alerino Palma di Cesnola e di Borgofranco, profugo dagli Stati Sardi dopo i moti del 21, condannato in contumacia alla pena capitale, aveva combattuto col Santarosa per la indipendenza della Grecia, era morto nel 51 in Atene presidente di quella Corte di Cassazione.

Nel 60 meglio che adesso, l'America era la terra promessa dei cercatori di fortuna, e se è vero che a conseguire fortuna occorre esserne affatto sprovvisto, il giovane conte Luigi di Cesnola si trovava proprio nelle condizioni volute. Possedeva appena di che vivere a stecchetto un qualche mese, ma in compenso aveva l'ingegno pronto ed aperto, le membra robuste, il parlare persuasivo, una piacevole franchezza di modi, un aspetto seducente, e sopratutto una volontà tenace ed accorta di acciuffare la fortuna, fosse pure per il filo d'un capello e di non lasciarsela sfuggir di mano.

Cominciò, aspettando le occasioni, di dove cominciano in paese forestiero quasi tutti gli sfaccendati di media coltura e di attitudini poco specializzate: dall'insegnamento della propria lingua. Alla quale aggiunse la francese che i nobili del Piemonte conoscevano allora al pari e spesso meglio dell'italiana. Ma chi vuole insegnare una lingua, deve conoscerne almeno due, chi vuole insegnarne due, almeno tre: la lingua del maestro e quella dello scolaro. A questa il Cesnola s'era applicato la prima volta durante la traversata oceanica che a tale intento, ed anche un po' a risparmio di spesa, aveva compito sopra un bastimento a vela della marina mercantile d'Inghilterra, affidandosi così al migliore di tutti i maestri: la necessità. Allo sbarcare sulla terra d'America, dopo un mese di navigazione, egli sapeva tanto d'inglese quanto basta ai maggiori bisogni della vita. Per strumento didattico erano scarse nozioni, ma insegnando s'impara, e fra i metodi didattici, quello che fa dell'allievo in alcune parti un maestro e stabilisce fra allievo e maestro un continuo ricambio di insegnamenti, è forse il più pratico ed efficace.

Non gli mancarono scolari dell'uno e dell'altro sesso: uomini maturi, giovinotti già dati al traffico ed agli affari e fior di ragazze in età da marito. Di 27 anni, bello, baldo, nobile, italiano, già soldato nelle poetiche guerre d'Italia, nessuna maraviglia che presso qualche allieva, gli soccorresse un sussidio pedagogico non compreso nei precetti della pedagogia. Pochi mesi dopo l'arrivo in New-York, egli sposava infatti la signorina Mary, figlia di uno fra i migliori ufficiali della marina federale, il commodoro Samuel Reid, fanciulla di grande bellezza e di grande animo, che gli fu ed è compagna impareggiabile.

Intanto, ingrossando il dissidio fra gli Stati del Sud e quelli del Nord intorno alla abolizione della schiavitù, il Governo dell'Unione apparecchiava la guerra ormai inevitabile. Si pubblicarono i programmi degli esami che dovevano superare in Washington gli aspiranti al grado di ufficiale nelle improvvisate milizie. Il maestro di lingue, che già ascritto all'Accademia militare di Torino, possedeva in larga misura le cognizioni richieste, si fa di colpo e con più sicura coscienza, maestro di tattica guerresca. Un avviso a caratteri cubitali affisso sulla facciata di una casa in Broadway, la principale via di New-York, annunziò tosto al pubblico:

SCUOLA DI GUERRA
DEL CONTE LUIGI PALMA DI CESNOLA
CAPITANO NELL'ESERCITO ITALIANO

La fortuna gli porgeva, non il filo d'un capello ma tutta quanta la chioma. Il corso degli studi si doveva compiere in due mesi al prezzo di dugento dollari. In poco spazio di tempo il numero degli allievi salì a settecento. Un giorno si presenta al Cesnola un ricchissimo signore deliberato di armare a sue spese un reggimento e di farne dono allo stato.

- Quanto volete per l'istruzione di tutti gli ufficiali?

- Dugento dollari caduno.

- Ma son cinquanta!

- Benissimo. Dieci mila dollari.

- Quali sono i modi del pagamento?

- L'intera somma anticipata.

Il miliardario, tale quale usa nelle commedie, leva di tasca il suo bravo libretto, ne stacca un buono, vi registra la somma richiesta, lo firma e lo porge al fortunato istruttore, indi presi i concerti per l'orario delle lezioni, s'avvia verso l'uscita. Sul presso dell'uscio, lo coglie un legittimo senso d'inquietudine.

- Io vi ho dato la somma intera: chi mi assicura che voi mi darete intero il corso delle lezioni?

- I sir. Io signore, risponde il Cesnola.

Lo sguardo, il viso, il gesto, l'accento, le asciutte parole esprimevano una tranquilla fermezza che tranquillò l'animo dell'americano.

Gli allievi superarono tutti quanti con molto onore l'esperimento dell'esame. Era naturale che fosse loro domandato dove avessero atteso agli studi, e naturale pure che nella penuria e nell'urgenza di esperti ufficiali fosse offerto un grado superiore al provato maestro. Nell'ottobre del 1861, il Cesnola fu nominato maggiore e dopo due mesi promosso al grado di tenente colonnello nell'XI reggimento di cavalleria, cui era affidata l'onorifica mansione di proteggere la persona del Presidente Lincoln e di guardare le sedi del Governo, in momenti di gravi subbugli popolari, poichè la popolazione di Washington parteggiava quasi tutta per i separatisti del Sud. Qui il giovane patrizio piemontese diede le prime prove, di un coraggio, di una fermezza, di un accorgimento guerresco, che gli valsero nel settembre 1862 il grado di colonnello ed il comando del quarto reggimento di cavalleria di New-York, già sulle mosse per il campo della guerra e nel dicembre dello stesso anno il comando dei sette reggimenti di cavalleria addetti al decimoprimo corpo d'esercito, condotto dal generale Franz Seigel. Preposto a così ingente corpo di milizia gli spettava di pien dovere il grado di generale; ma intervenne uno di quegli atti di giustizia distributiva non infrequenti allora ed oggi nella repubblica dell'Unione americana. Toccarono a lui, il comando effettivo, le fatiche ed i pericoli, ed al signor Seward figlio del ministro degli affari esteri, il titolo di generale ed i relativi stipendi. Il generale Seward seguitò ben inteso a dominare in Washington mentre la brigata che portava il suo nome, conseguiva sanguinose vittorie sotto gli ordini del colonnello Cesnola, contendendo ai Sudisti, i passi del Maryland e della Pensilvania meridionale. Il nostro generoso compaesano, sfogava l'interno rodimento in picchiate da orbo, sulle spalle del nemico. Segnalato a Brandy Station per prodigi di valore (sono parole del New-York Times) gli fu affidata la difesa di Belle Plains, e poco appresso quella delle gole di Averil dove sgominò nel maggio 1863, il corpo d'esercito del generale Wasburne facendogli 2732 prigionieri e meritandosi d'essere portato all'ordine del giorno dell'esercito unionista. Dopo tali prove, credeva per fermo di aver conseguita la promozione a generale di brigata; il generale Gregg nominò invece immeritatamente un suo proprio fratello. Questa volta il Cesnola se ne dolse aperto con una fiera lettera di protesta che il Gregg tenne per atto di insubordinazione e punì cogli arresti sotto la tenda. Seguiva così disarmato la colonna che aveva guidato tante volte alla vittoria, ma gli era inibito di combattere con essa.

In tali condizioni pervenne il 17 giugno 1863 alla battaglia di Aldie, una delle tante che insanguinarono durante la guerra di secessione lo stato della Virginia. Il nemico ingrossava da presso, quando il generale Kilpatrick, che comandava i diversi corpi unionisti ivi raccolti, ordinò una carica al quarto reggimento di cavalleria N. Y. Il reggimento protestò unanime, soldati ed ufficiali che non avrebbero mosso un passo se non lo guidava il suo colonnello. Cesnola misurando il pericolo ed il disonore di un ammutinamento, supplica allora dal Kilpatrick il permesso di porsi disarmato com'era alla testa dei suoi soldati. Questi, che era stato estraneo alla punizione e forse la disapprovava in cuor suo, acconsente. Il Cesnola salta in sella, in difetto di sciabola, agita alto il frustino e slancia il cavallo pancia a terra seguito dal reggimento fremente ed urlante di entusiasmo. Respinto, per disparità di forze, torna quattro volte all'assalto. Alla terza una palla lo colpisce al braccio sinistro, ma non ne sfredda l'ardore. Mentre raccoglie i soldati per lanciarsi alla quarta il generale Kilpatrick, ammirato di tanto eroismo, lo avvicina, si leva la sciabola dal fianco, e gliela porge dicendogli: «Ritornamela rossa di sangue.» Ma nella mischia, il valoroso, ferito gravemente da sciabola al capo ed alla mano destra cade ed è preso prigioniero.

Come avviene nelle lotte civili, le ire fra i due campi avversi furono in quella memorabile guerra, tenacissimi e crudeli contro il diritto delle genti e le ragioni della civiltà. Agli unionisti, più forti, più disciplinati, più fiduciosi nella vittoria finale, durò tuttavia, benché scarso, qualche senso di pietà o forse di rispetto umano; ma i separatisti del Sud fecero aperta prova di una selvaggia inumanità. La prigione di Libby in Richemond dove furono rinchiusi oltre mille ufficiali dell'esercito unionista, restò per assoluta insufficenza di spazio e per sevizie, famosa nella storia delle iniquità e della barbarie. Pigiati in locali corrotti e malsani, senza letti, senza tavole, scarso e guasto il nutrimento, laceri, fra insulti e percosse, molti di quei prigionieri morirono, quasi tutti ammalarono gravemente e fra questi il Cesnola. Il quale per lo spazio di circa un anno seppe mostrarsi fra i continui patimenti, così intrepido e sereno come già tra le fatiche ed i pericoli.

Finalmente, intavolate scambievoli trattative per ricambio e riscatto dei prigionieri. Il quarto reggimento di cavalleria New-York potè intervenire in favore del suo colonnello. Riporto qui nel suo testo l'istanza fatta al Ministero della guerra in Washington.

CAMPO DEL 4.° REGGIMENTO CAVALLERIA N. Y.

9 Marzo 1864.

Al Ministro della guerra,

«Gli ufficiali del 4.° Reggimento Cavalleria N. Y. sottomettono alla vostra benevole considerazione questa rispettosa istanza, perchè (in quanto ciò sia conforme alla dignità della patria ed ai regolamenti sullo scambio dei prigionieri di guerra), si dia opera immediata onde il loro amato e valoroso colonnello Luigi Palma di Cesnola possa riprendere il servizio attivo.

«Sono oltre nove mesi che il colonnello Cesnola langue nelle prigioni di Libby essendo caduto nelle mani del nemico, mentre comandava uno squadrone di cavalleria il giorno 17 giugno 1863 in Aldie, Virginia. La sua presenza è con ardore desiderata dal suo reggimento, ufficiali e gregarii, tanto che i sottoscritti rispettosamente osservano e fanno osservare che, se mediante le avviate stipulazioni la loro domanda sarà esaudita, il reggimento a mostrarsene grato raddoppierà nell'adempimento del proprio dovere, l'attività e lo zelo. Aggiungono ancora che il ritorno del loro colonnello al servizio attivo, gioverà alla santa causa per la quale hanno giurato combattere e che la presenza del loro magnanimo comandante non potrà che accrescere il lustro e la fama dei tanti coraggiosi pugnanti ora per l'unione e la libertà.»

L'istanza sortì il suo effetto. Il Cesnola fu barattato col colonnello Brown dell'esercito separatista. Abramo Lincoln volle vederlo e richiederlo delle condizioni dei prigionieri. Ad informarnelo non occorrevano parole, bastava che il Cesnola si mostrasse macero, ischeletrito com'era e pieno di lividure. Il grande presidente s'impietosì a quella vista ed al colonnello che gli domandava di tornar subito al campo, ordinò un mese di congedo, per rifarsi in salute.

Intanto la guerra volgeva al suo termine. Già prima che cominciasse, il governo dell'Unione aveva con chiari patti stabilito, che colla pace sarebbe caduto ogni suo legame ed ogni obbligo cogli ufficiali iscritti alle milizie. Non gradi, non onori, non pensioni. Ma i servigi prestati dal Cesnola furono stimati di così alto pregio da meritargli uno speciale trattamento. Promosso generale, perchè il Governo potesse in alcun modo tenerlo ancora in attività di servizio, fu nominato Console generale degli Stati Uniti con libera scelta fra parecchie ottime residenze. Egli elesse quella di Larnaca nell'isola di Cipro, che lo avvicinava all'Italia ed offriva a lui ed alla famiglia un clima salutare, necessario ristoro alle fatiche, ai patimenti ed alle apprensioni della guerra e della lunga travagliosa prigionia.

Per dire delle grandi scoperte che vi fece il Cesnola, occorre premettere alcuni rapidi cenni intorno alle antiche vicende storiche dell'isola di Cipro ed alle ricerche archeologiche di che fu oggetto nella seconda metà del nostro secolo. Estraggo queste sommarie notizie da alcuni pregiatissimi articoli del Perrot pubblicati nella Revue des deux Mondes, gli anni 1878 e 1879, e dal libro del Cesnola già citato in nota.

La terra sacra a Venere, ebbe dai fenici i primi rudimenti della civiltà. Le sue coste orientali e meridionali, più dell'altre prossime alla Siria, risentirono prime l'influenza fenicia e ne furono più profondamente penetrate. Ivi sorsero le tre città di più incontrastata origine fenicia: Kition, Pafo (l'antica) ed Amatonta. Kition, in prossimità della moderna città di Larnaca, fu, pare, il più importante emporio che vi avessero i fenici. La Bibbia ne fa menzione più volte, a cominciare dal libro della Genesi, allargando il suo nome ebraico di Kittim fino a designare con quello l'isola intera. Amatonta e Pafo ebbero nelle pratiche religiose del mondo antico, e negli studi archeologici dei tempi nostri, una grande celebrità, dai loro templi e santuarii, nei quali l'imagine a noi alquanto malferma della siriaca Astarte andò nei secoli, a grado a grado trasmutandosi nella più sicura e precisa della greca Afrodite.

I fenici scopersero primi le ricchezze metallurgiche dell'isola, si applicarono alla estrazione del rame che ebbe nome di Cuprum (donde il cuivre francese), vi importarono la cultura della vite e certe piante d'origine asiatica od africana quali la cassia, la cannella, il sesamo, la fava d'Egitto.

A quanto è lecito congetturare, i greci approdarono la prima volta in Cipro poco appresso la composizione dei poemi omerici. L'Illiade ci dà Cipro per terra fenicia. Le colonie greche vi stabilirono dunque intorno a novecento anni avanti Cristo. È da credere che la loro fu pacifica conquista, non potendo i Fenici opporre valida resistenza al giovane popolo invasore ed appagandosi di mantenere le loro industrie ed i commerci cui diedero tosto un grande incremento le numerose città fabbricate dai greci. I greci di Egina fondarono Salamina, i greci d'Argo fondarono Curium se pure non vi si stabilirono soltanto, allargando ed abbellendo una preesistente città già eretta dal fenicio Cinyras. I greci di Sirio fondarono Golgos, quelli della Laconia, Lapato e Chrinia, quelli dell'Arcadia la seconda Pafo, la Baffa dei nostri giorni, che sorse in prossimità della Pafo fenicia e fu del pari celeberrima per il culto di Venere.

Durante il secolo VIII ed il VII a. C. l'isola appartenne agli imperi di Ninive e di Babilonia. Verso la metà del VI secolo passò all'Egitto, poi con Dario alla Persia, poi argomento di contesa fra i macedoni Antigone e Demetrio d'una parte e Tolomeo I.° dall'altra, ripassò all'impero egizio, che ne fece più tardi un reame quasi indipendente, appannaggio dei principi lagidi, ai quali nell'anno 59 a. C. la strappò Catone l'Uticense riducendola a provincia romana.

Nel volgere di quei secoli, Cipro ebbe fama di incomparabile ricchezza e prosperità. Alle colture introdotte dai fenici, i greci aggiunsero quella dell'olivo, albero sacro a Pallade Atene. Vantavano i greci che gli olivi di tutte le spiaggie e dell'isole mediterranee provenissero tutti quanti dal tronco uscito di terra già alto e fronzuto sull'Acropoli, ad un colpo di lancia di Minerva. E pare che all'albero di Minerva, il terreno di Cipro, si confacesse, meglio ancora che quello nativo dell'Attica. L'isola ne fu coperta ed arricchita oltre misura. Tutti gli scrittori antichi, dai primissimi della Grecia agli ultimi di Roma gareggiano d'iperboli per esprimere le magnificenze di quella terra benedetta dal sole. Il dolce clima e le inesauribili dovizie, ne avevano ammolliti gli abitanti, avevano indotto in essi un raffinato amore del piacere. Le conquiste si compievano senza resistenze e quindi senza eccidî. Un dominio seguiva all'altro senza nulla turbarvi le voluttuose fruizioni della vita. Le vecchie città accumulavano monumenti di civiltà diverse. I santuari della Venere ciprigna, erede della Astarte fenicia erano ombreggiati da alberi secolari ospizio alle candide colombe, sacre alla Dea. I templi serbavano intatte colle statue e le offerte votive depostevi dai primi fenici e dai primi greci, le statue, le gemme, i vasi, le armi, recate via via dagli assiri, dai persi, dagli egizi, da tutti i successivi dominatori. I riti anch'essi, in luogo di escludersi l'un l'altro, si sovrapponevano componendosi in una deliziosa tolleranza che attutiva negli abitanti il sentimento patrio e la civica fierezza. Più costanti e pregiati perduravano e si trasmettevano i riti più licenziosi, i quali chiamavano in Cipro da ogni parte del mondo allora noto e comunicante, in gran folla gli stranieri, come a luogo di impareggiabili delizie.

Di qui una corruzione di costumi che dovette muovere a santo sdegno i primi cristiani. Già gli ebrei esulatevi dopo la guerra di Giudea, si erano, sotto l'impero di Traiano, levati in armi contro i lascivi ciprioti, uccidendone, dicono, dugento e quaranta mila, ed abattendo e devastando i templi sacri alla prostituzione, ed alle voluttuose deità. Quando Paolo, vi predicò la legge di Cristo, quando la nuova dottrina ebbe in Cipro numerosi credenti, austeri severi, spregiatori ed abborritori della carne, questi ruppero nel loro furore iconoclastico in frequenti massacri ed in rovine. La storia non ce ne trasmise le particolari vicende, ma i ruderi parlano in sua vece. Il Visconte di Vogüé che studiò con molta cura i monumenti ciprioti, rinvenne presso Golgos e presso Idalia, non pochi depositi di immagini frantumate che apparivano esser state sepolte con gran furia entro fosse comuni; vere necropoli di statue, dove, sotto pochi piedi di terra giacevano le opere di molti secoli: vasi, idoli, immagini, simboli, tutte mutilate a studio. Così i monumenti artistici di tante diverse civiltà passarono di un colpo, dagli onori del culto, alle tenebre della sepoltura, furono sottratti alle deturpazioni utilitarie delle basse età, prepararono maravigliosi tesori ai nostri musei, ed una inattesa messe di notizie ai moderni eruditi.

L'importanza archeologica dell'isola di Cipro fu svelata agli studiosi del viaggiatore inglese Riccardo Pocock, il quale verso la metà del secolo scorso ne riportò trentatre iscrizioni da lui copiate in Larnaca e provenienti da Kition, rimaste per lungo tempo i soli documenti epigrafici della Fenicia. Sul loro testo si tentarono le prime traduzioni, dal loro testo fu rilevato lo stretto legame che univa il linguaggio fenicio all'ebraico. Dopo di lui, qualche vaso o qualche statuetta, rinvenuti fortuitamente, richiamarono di quando in quando sull'isola sacra a Venere l'attenzione degli eruditi. Ma furono dapprima richiami senza seguito che servirono piuttosto a far sospettare l'esistenza di un mondo inesplorato, che a stimolare, tanto apparivano dubbiosi, lo zelo degli esploratori. E tali durarono per lo spazio di un secolo, fino a che nel 1845, Ludovico Ross chiamato all'insegnamento della archeologia classica nell'università d'Atene, venne nel proposito di cercare in Cipro la soluzione del problema intorno alle origini della civiltà greca. Recatosi tutto solo in Larnaca, il Ross intraprese una ricognizione sommaria attraverso l'isola. Ma per difetto di tempo, egli intese piuttosto a raccogliere notizie dagli abitanti ed a segnare i punti che promettevano maggior messe agli scavi avvenire, che a sommuovere il suolo per immediate ricerche. Tuttavia la rapida corsa aveva svelato all'occhio esercitato dell'archeologo il carattere asiatico dei più remoti monumenti ciprioti. Una sua relazione svegliò la curiosità di altri studiosi. Nel 1846 il francese Mas Latrie comprò in Larnaca una notevole quantità di figurine di calcare e di terra cotta. Nel 1859 un'altro francese il De Saulcy comprò pure in Larnaca un buon numero di vasi e di statuette cedute poco appresso al Museo del Louvre. Nello stesso tempo il signor Péretié dimorante in Siria potè acquistare pel Duca di Luynes la famosa Tavoletta di Dali che fu di molto lume allo studio della filologia fenicia e cipriota.

Le necropoli violate cominciavano a spandere i loro secreti e gli antichi oggetti dissepolti divenivano argomento di regolari commerci. I contadini stessi cui seguiva, non di rado, di trovare monete d'oro ed oggetti preziosi, si davano volentieri alla cerca, sospettosi dei forestieri e sopratutto del governo turco il quale accampava diritti e praticava sequestri sulle prese. La curiosità, l'avidità del guadagno, la vanità, la seduzione dell'ignoto, davano agli eruditi un sussidio non sempre desiderato e non sempre utile, di innumerevoli dilettanti, operanti senza criterio e senza disciplina. I contadini degli oggetti dissepolti, non pregiavano che la materia. Così una statua di bronzo, più alta del vero, rinvenuta nel greto d'un torrente disseccato, fu infranta e ripartita a peso fra gli scopritori, gelosi sovra ogni cosa di trafugarla alle autorità, paghi di ricavare il valore del metallo. I dilettanti, serbavano bensì gli oggetti interi, ma non curavano di registrare il modo del loro giacimento nè, tanto meno, di rilevare la pianta del tempio o della necropoli, che li aveva per tanti secoli custoditi, privando così, la scienza delle preziose notizie complementari che sono pressochè indispensabili, alle sicure attribuzioni e classificazioni. Qualche dotto archeologo, e non pochi antiquarii improvvisati archeologi, procedevano tuttavia con buoni metodi e con diligenti cautele a fruttifere ricerche. E le loro scoperte, menavano rumore fra gli studiosi d'ogni parte d'Europa, e facevano gola ai Musei di Londra, di Parigi, di Berlino, di Pietroburgo.

Nel 1860, il Renan mandato da Napoleone III a esplorare le coste dell'antica Fenicia, stimò di dover allargare fino a Cipro il raggio delle sue ricerche; e già l'anno appresso stava per imbarcarsi alla volta di Larnaca, quando dolorose circostanze di famiglia e di salute lo costrinsero a tornarsene subito in Francia. Ivi apprese che il Visconti Melchior di Vogüè già noto per ottimi studi sulle chiese cristiane in Terrasanta e riputato conoscitore della archeologia fenicia, era sulle mosse per un secondo viaggio in Oriente. Il Renan lo pregò di comprendere anche Cipro nel suo itinerario e n'ebbe conforme promessa. Infatti nel 1862, il Vogüé in compagnia del Waddington e dell'architetto Duthoit intraprese una esplorazione completa dell'isola, e condusse in parecchi punti degli scavi che arricchirono di preziosissime spoglie il Museo del Louvre. Sulle indicazioni del Vogüé l'architetto Duthoit potè segnare con sicurezza il luogo dove sorgeva l'antica Golgos e scoprire tre grandi fosse ricolme delle statue atterrate e mutilate dai primi cristiani.

Fortunate ricerche fece pure il Conte di Maricourt, Vice Console di Francia residente in Larnaca. Passeggiando un giorno colla famiglia, su per le falde di un monticello che domina una salina nei pressi della città, il Maricourt smosse a caso colla punta del bastone fra le sabbie una minuscola statuetta di terra cotta. Incoraggito dalla trovata fortuita, proseguì a ribruscolare nel l'arena collo stesso istrumento, e ne estrasse parecchie altre consimili figurine. Tornò l'indomani sul luogo colla famiglia ed i domestici armati di pale e la messe fu assai copiosa. Era naturale che ci pigliasse gusto. Ogni sera i borghesi di Larnaca vedevano la brigata consolare avviarsi agli scavi come a sollazzevole scampagnata. In capo a pochi mesi, il Maricourt possedeva una pregevole raccolta, che avrebbe di certo arricchita se non moriva di colera nel 1865.

Lo scozzese Hamilton Lang andato in Larnaca a dirigervi una succursale della Banca Ottomana, fu anch'egli, in quel torno, sedotto alla ricerca dei sepolti tesori. Sulle prime si appagò di farne incetta presso i contadini, comprandone vasi di vetro e d'argilla. Datosi di poi agli scavi, scoprì in Dali le vestigia di un tempio, che gli fornirono in gran copia, statue e statuette di marmo e di cotto di varie dimensioni, figurine di bronzo di fattura egizia, ornamenti di smalto turchino o bianco, frammenti di preziose ceramiche, e medaglie d'argento appartenenti alla più remota antichità. La sua maggior presa, fu più tardi, nel campo della numismatica. Nel 1870, cinque giovani contadini, andavano alla ricerca di statuette, nei terreni già esplorati dal Maricourt. Uno di essi mise a giorno un vaso di bronzo che levato di terra gli si ruppe fra le mani, lasciando cadere una pioggia d'oro coniato. Il bottino fu spartito fra i cinque cercatori con promessa di scambievole secreto. Ma due giorni dopo, il Lang, avuto sentore della cosa, potè, al prezzo di dodicimila lire comprare seicento statere d'oro di Filippo e d'Alessandro macedoni, fra le quali, cedute poi al Museo brittannico, si riscontrarono novantadue varietà fino allora sconosciute.

Un altro console di Francia, il Colonna Cenaldi, di origine italiana, succeduto al Maricourt, proseguì con ottimo frutto le indagini iniziate in Dali dal Duthoit. Un console d'Inghilterra, M.r Sandwith, non ostante le opposizioni del governo turco, riuscì pur tuttavia a raccogliere una bella collezione.

Così l'antica terra aveva rimunerato molti cercatori delle sue ricchezze, ma senza raccontare intera la sua storia, senza dare ai problemi della scienza archeologica una soluzione sicura ed esauriente. A parziali ed impazienti ricerche erano seguite parziali trovate. La gelosia del governo ottomano minacciava di mettere ostacolo agli scavi ulteriori. Per dire l'ultima parola sulle antichità di Cipro, occorreva vi si applicasse un uomo che, conseguita la necessaria dottrina, fosse ad un tempo, più accorto, più sagace, più audace, più perseverante, più caro alla fortuna, più meritevole dei suoi favori, di quanti vi s'erano per l'addietro applicati.

Tale seppe essere il generale Luigi Palma di Cesnola.

Il Cesnola sbarcò in Larnaca il giorno di Natale del 1865 colla moglie e due bambine. La città gli parve inabitabile, i luoghi intorno aridi e desolati. Già durante il viaggio egli aveva letto quanti più libri gli era riuscito di raccogliere intorno all'isola di Cipro, alla sua storia, ai suoi commerci, alle sue antichità. Il giovane generale non aveva altra coltura classica fuori di quella appresa nelle primissime scuole. Dall'età di sedici anni in poi, da quando cioè era partito volontario per la prima guerra dell'indipendenza italiana, tutti i suoi studi, tutte le sue applicazioni s'erano rimaste alla scienza ed all'arte della guerra. Il mondo dell'antichità che quelle frettolose letture schiudevano alla sua mente, gli era, si può dire, affatto ignorato, ma la sua mente pronta ad accendersi, facile alle assimilazioni, ordinata ed imaginosa doveva riceverne uno stimolo grande a maggiori conoscenze. In Larnaca gli scavi erano diventati l'occupazione ed il passatempo di tutte le persone colte. C'era in tutti l'aspettazione di qualche grande scoperta imminente, o per lo meno la certezza che quella terra piena di storia, celasse ancora immense ricchezze ed impareggiabili tesori d'arte e di scienza. L'ellenismo era, nella famiglia Cesnola, titolo di nobiltà ed argomento di culto domestico. Pareva al conte Luigi che ricercando le origini della remota civiltà greca, egli avrebbe continuato e compito l'opera dell'avo Alerino, volontario combattente per l'indipendenza della Grecia moderna. Il disagio e la noia di una piccola città turca, lo infervorarono all'impresa. Il Consolato degli Stati Uniti gli lasciava agio di attendervi. Una relazione pubblicata dal Vogüé dove era vantata per completa la esplorazione dell'isola fatta dalla missione francese, e pareva conchiudere nulla potersi più sperare da maggiori indagini, aggiunse forse all'altre tentazioni un non so che quale lievito di puntiglio, primo segno della vocazione archeologica. Gli uomini dalla tempra del Cesnola misurano di colpo il prò ed il contro di ogni impresa e sono altrettanto pronti al decidere quanto pazienti all'operare. Si direbbe che la fortuna sussurri loro all'orecchio il secreto degli eventi avvenire. Fino dai primi giorni della sua dimora in Larnaca il Cesnola fece proposito di dedicarsi agli scavi, non colla volubilità del dilettante che muta luogo al primo saggio infruttuoso, ma con persistente fermezza. Alla spesa avrebbe provveduto l'immancabile bottino. Per farsi la mano intanto che si addentrava negli studi, cominciò a rifrugare, ultimo dopo tanti curiosi, entro le terre intorno a Larnaca.

Vi trovò subito importanti monumenti dell'epoca greco romana, un sarcofago fenicio, vasi di marmo e di alabastro con iscrizioni fenicie, terraglie a fregi fenici ed una cartella lapidaria a caratteri cuneiformi grossamente imitati. Buon principio in una plaga già da tanti esplorata, ma in sostanza più atto ad incoraggiare che a rimunerare. Se non che le autorità turche, ormai messe sull'avviso, non volevano più saperne di scavi. Un loro divieto comunicato per le vie legali e nelle forme cortesi avrebbe messo il Cesnola in grave imbarazzo. Per fortuna il Kaimakan di Larnaca Genab Effendi, aveva la vista corta e la mano pesante, due difetti che riescono quasi sempre a metter la ragione dalla parte del torto. Senza curare le procedure diplomatiche, egli imprigionò di colpo sul luogo degli scavi due operai addetti al Consolato degli Stati Uniti. Ne seguirono vigorose proteste del Console, accolte con turchesca arroganza dal Caimacano, il quale non si peritò, pochi giorni appresso, di far arrestare, nei locali stessi del Consolato, una guardia consolare. Era una palese violazione del diritto delle genti che il Cesnola seppe difendere da par suo, minacciando di ammainare la bandiera dell'Unione Americana ed ottenendo dal Ministro degli Stati Uniti presso la Sublime Porta l'invio di due navi americane nelle acque di Larnaca. Il Governo Ottomano dovette rimettere il litigio ad una Commissione mista la quale esaminate le cose, diede ragione al Cesnola. Il Caimacano di Larnaca fu destituito con perpetua interdizione dai pubblici uffici, furono liberati i prigionieri, la bandiera degli Stati Uniti ebbe il saluto di 21 colpi di cannone, il Governatore di Cipro fu destinato ad altra sede; previa una visita di scusa al Console ed il pagamento di dieci mila piastre al suo primo dragomanno. Sgombrata per tal modo la via, il Cesnola potè darsi liberamente alle ricerche archeologiche. Un firmano del Sultano lo autorizzava a far scavi in ogni parte dell'isola, salvo ad intendersela coi proprietarii dei terreni. La primavera del 1867, egli prendeva in affitto una casa in campagna con largo circuito di aranceti sulle falde del monte presso Dali (Idalium) e vi si allogava colla famiglia. L'aria vi era più fresca, i luoghi intorno più ridenti che a Larnaca, e certi frammenti di scoltura che ne provenivano, gli facevano argomentare l'esistenza in quei paraggi di una vasta necropoli. Non s'era ingannato. In capo a tre anni egli aveva scoperto ed esplorato diecimila tombe; le greco-romane giacenti a poca profondità dal suolo ricoprivano le più remote fenicie ricche di copiosissimi e preziosi cimelii. Non mi è possibile accompagnare l'opera del Cesnola nelle sue fortune successive, nè raccontarne i modi, nè descriverne i prodotti. Per lo spazio di undici anni, con accorgimento d'artista, con dottrina di archeologo, con accanimento di soldato, con perseveranza di alpigiano, egli attese insieme, a studi, ad interpretazione di testi, a raffronti, ad esplorazioni, a scavi, a classificazioni. Cercò ed accertò la topografia storica dell'isola, segnò i luoghi dov'erano sorte le città di Amatunta, di Cerynia, Cizio, Lapeto, le due Pafo, Afrodisia, Curio, Citerea, ed altre molte che ommetto; scoprì quindici templi sacri alle divinità fenicie, egizie e greche, rintracciò sei antichi acquedotti. Come Dali gli ebbe rivelato i suoi segreti, si volse a Golgos (la moderna Athiénau) e vi raccolse tesori che fecero maravigliare il mondo intero. La voce delle sue fortune, gli sollevava intorno, gelosie, bramosie, cupidigie, rancori, dispetti, invano congiurati al suo danno. Più volte la Sublime Porta fu per revocargli il firmano che lo licenziava agli scavi. Lo accusavano di minare le moschee, di profanare le sepolture dei veri credenti; ma il Ministro d'America, residente in Costantinopoli, sorgeva in sua difesa, faceva la voce grossa e scongiurava le tempeste. «A quanto mi si dice, caro generale» scriveva un giorno il Ministro al Cesnola «delle buche che andate scavando d'ogni parte, capisco che avete in animo di colare a picco, una bella mattina, l'isola intera. Prima che sprofondi, ve ne prego, mettete al sicuro gli archivi del Consolato americano.»

Il lavoro era improbo e costoso, ma il frutto prometteva di ripagare le fatiche e la spesa. In Golgos cento e dieci operai disseppellirono nel corso di sei settimane, oltre ad un sarcofago ornato sulle quattro faccie di bassorilievi rappresentanti la morte di Medusa, e Pegaso e Chrysaor uscenti dal suo sangue, ben trecento statue di singolare bellezza ed una innumerevole quantità di terraglie, di ceramiche, di vetri, di figurine, di monili, di armi, di monete. Le statue erano incrostate di uno spessore di tufo indurito che bisognò ammollire con bagnature e far saltare poi a punta di coltello. Estrattolo dal profondo, bisognava calare quel popolo marmoreo dalle alte pendici del monte ai magazzini disposti in Larnaca ad accoglierlo. Non traccia di strada di nessuna maniera. I minori pesi erano caricati su cammelli, i maggiori adagiati su appositi carri a ruote nei terreni piani, a slitta giù per le chine. Il trasporto rischioso, lento, costosissimo, rinnovava più penose le fatiche e le ansie della scoperta. Ma già nel 1870, la casa consolare di Larnaca e gli aggiunti magazzeni avevano fama in tutta Europa, di museo senza pari, che faceva gola ai grandi musei reali ed imperiali. I dotti, gli antiquari, gli artisti accorrevano d'ogni parte d'Europa a visitare la maravigliosa raccolta. Il Cesnola descrive col suo stile brioso e colorito, le noie che gli davano le carovane Cook, invadenti il suo giardino e la casa. «Ricordo una signora inglese d'una certa età dal lungo viso incorniciato, come tradizione vuole, di capelli arricciati a vite. Poichè ebbe esaminate attentamente le statue di Golgos, mi domandò di spiegarle per cortesia i misteri del culto di Venere.» Altri rubavano bravamente i piccoli oggetti e non trovandone a portata di mano, scheggiavano vasi e statue pure di riportarne un pezzetto.

Ma coi fastidiosi non mancavano i proficui visitatori. La Russia mandò a Cipro uno dei conservatori del Museo del Romitaggio, per trattare la compera di tutta la raccolta. Il negozio non fu conchiuso perchè altro negoziatore segreto aveva mandato Napoleone III voglioso di arricchire la sezione del Museo del Louvre dedicata al suo nome. Sopravvenne la guerra colla Germania, e caddero anche questi negoziati. Terzo mandò offerte, il Museo brittannico; ma i suoi direttori volevano che la collezione fosse innanzi di concludere, portata a Londra per un attento esame. Giusta e prudente domanda, ma non facile a soddisfare. Le grandi scoperte di Golgos avevano fatto più acute le cupidigie degli ufficiali turchi. Il governatore di Cipro avvertì il Cesnola che le cose non sarebbero andate liscio liscio.

Questi sperava che memori della sua vittoria nel dissidio col Caimacano, gli ufficiali della dogana non avrebbero osato contrastargli l'uscita di un bottino che gli apparteneva in legittima proprietà. Sperava, non senza timori. Di eludere la vigilanza delle guardie, non c'era da far pensiero. Erano trecento e sessanta enormi, pesantissime casse, impossibili a trafugare. Domandare licenza era come dubitare del lecito. Unico partito, agire aperto, presto e con aria sicura. Un bastimento a vela, scaricate in Larnaca le sue mercanzie, stava per salpare alla volta di Alessandria. Il Cesnola lo noleggia e dispone per il carico delle casse, ma la Dogana gli comunica un telegramma del governo ottomano con ordine di impedire al Console d'America di nulla asportare dall'isola. L'ordine era perentorio ed una goletta da guerra all'insegna della mezzaluna stava in rada proprio dirimpetto al Consolato americano, quasi ad assicurarne l'adempimento.

Tanta fatica, tanto studio, tanti anni spesi a cercare e ad illustrare la remota storia dell'isola tornavano a compiuta rovina del cercatore e dell'illustratore. La favolosa collezione serbava bensì in Larnaca il suo valore archeologico, ma perdeva ogni valore commerciale. Nessun rimborso era più da sperare delle immense spese sostenute per raccoglierla. Nè la Sublime Porta si sarebbe piegata a comprarla per danaro, assai paga che non uscisse dai suoi domini, nè certo si poteva trovare al mondo così munifico signore che ne facesse acquisto per tenerla relegata in Larnaca.

Il Cesnola meditava scoraggito sulla caduta d'ogni sua speranza, sulla scorno, sul danno irreparabile, mentre il suo fidato dragomanno Bechbech, passeggiava di su di giù per la stanza con aria di profonda meditazione.

Di tanto in tanto l'astuto e fedelissimo servitore gettava sul padrone uno sguardo incoraggiante quasi a provocarne un salutare provvedimento. Cesnola s'accorge che l'uomo ha le sue viste:

- Bechbech, bisogna che tutte le casse siano oggi a bordo della goletta. È necessario, Bechbech.

- Eccellenza, risponde il dragomanno, il dispaccio diretto al Governatore generale, conteneva, è vero, l'inibizione al Console d'America di nulla asportare dall'isola?

- Ma sì, ma sì.

- L'inibizione era fatta non al nome di Vostra Eccellenza, ma al Console d'America?

- Credo di sì. Perchè?

- Eccellenza, è accennato al Console di Russia in quel telegramma?

- No, no, ch'io sappia! - grida subitamente illuminato e giocondato il Cesnola. Corri alla Dogana e domanda in mio nome immediata e testuale comunicazione del telegramma.

Bisogna avvertire che il Consolato di Russia, non avendo allora titolato in Larnaca, era retto dal Console degli Stati Uniti. Il Cesnola era dunque ad un tempo il legittimo e riconosciuto rappresentante del Governo dell'Unione Americana e dell'imperiale Governo moscovita.

Mentre Bechbech corre alla dogana, il Cesnola, combinata a grossi caratteri a stampiglia la scritta: Consolato di Russia, dà ordine la si stampi su altrettanti fogli quante sono le casse e che s'incolli sovra ogni cassa il suo bravo foglio.

Dopo una mezz'ora eccoti il Direttore della Dogana col testo del dispaccio. Il Cesnola ne ascolta indifferente la lettura e poi, col piglio autoritario che si conviene al rappresentante lo Czar di tutte le Russie, domanda:

- Avete ordini relativi al Console di Russia?

L'Effendi, formalista come tutti i turchi, riflette, consulta il testo, conviene che esso riguarda il solo Console d'America, e riconosce non potersi opporre all'imbarco della mercanzia se questo gli viene domandato dal Console di Russia. Il dispaccio gli era stato trasmesso dal Governatore Generale, residente allora in Nicosia, nel centro dell'isola. Non era possibile avere istruzioni in giornata; dati i precedenti del primo dissidio e la fiera indole del Cesnola, era pericoloso, nel dubbio, farsi avverse due potenze non avvezze a patir soprusi. A farla breve, la lettera prevalse sullo spirito, le trecento e sessanta casse furono imbarcate nello spazio di poche ore. La notte il veliero salpava con buon vento ed il Cesnola dopo tante ansie potè dormire i suoi sonni tranquillo.

La raccolta destò a Londra una indicibile maraviglia. Mai per l'addietro un privato aveva posseduto così nuovi e vistosi tesori d'arte. Il Museo brittannico ne vagheggiava l'acquisto e già si teneva sicuro del fatto suo, quando gli sorse di fronte un formidabile competitore. Da pochi anni s'era, per liberalità di privati, formato in New-York, un Museo metropolitano (Metropolitan Museum of art). Alcuni fra i suoi principali fondatori trovandosi per l'appunto in Londra, intavolarono trattative col Cesnola. Gli osservarono che a parità di condizioni era bello ch'egli desse la preferenza alla patria adottiva, dove aveva trovato ospitalità, onori, fortuna, il parentado con una famiglia onorevole, ed un ufficio che era stato occasione e condizione delle sue scoperte. Al Museo brittannico la collezione Cesnola, ammirevole senza dubbio, era di necessità eclissata dalle ricchezze artistiche importatevi di Grecia e di Roma. In New-York essa sarebbe stata il nucleo del nuovo Museo, e vi avrebbe primeggiato a perenne gloria del suo scopritore.

Queste buone ragioni, raccomandate ad ottimi avvocati, persuasero il Cesnola. La collezione composta di diecimila capi d'arte fu venduta al Metropolitan Museum di New-York al prezzo di trecento e cinquanta mila lire. Il Cesnola aveva già nel corso delle sue ricerche conchiuso vendite parziali coi musei di Londra, di Parigi e di Berlino, e fatto gratuito dono di preziosi cimelii al Museo delle antichità di Torino, quale omaggio alla patria d'origine. Le trecento e sessanta casse furono imbarcate per New-York, ed il generale riprese la via di Larnaca per intraprendere nuovi scavi su più larga scala, a spese questa volta e per conto del Metropolitan Museum.

Ma era detto che il Cesnola dovesse agire sempre di suo. Una terribile crisi finanziaria sopravvenuta negli Stati Uniti costrinse i fondatori del Metropolitan Museum a disdire la convenzione pattuita in vista delle ulteriori scoperte. La fortuna serbava al valoroso uomo dei favori ben altrimenti maravigliosi di quelli prodigatigli in passato, ma egli doveva essere solo, al rischio, alle fatiche, alle lotte, al merito ed al premio. Nell'anno 1873 e nei primi mesi del 74, egli attese a sapienti ricerche, nelle terre di Salamina, di Soli, di Amatunta, della nuova e dell'antica Pafo. Non del tutto infruttuose, esse gli diedero frutti di secondaria importanza, ed impari alle ingenti spese incontrate. Un uomo di più debole tempra se ne sarebbe scoraggito: egli perseverò con ardore degno del trionfo che lo aspettava. Già gli invidiosi si godevano dello smacco onde vantavano offuscate le sue prime vittorie, quando corse nel mondo degli eruditi una notizia che sapeva di favola romanzesca. S'erano avverate al Cesnola, le fortune del Conte di Montecristo: non più statue o vasi, o lapidi o sarcofaghi, ma una profusione inestimabile di ori, di monili, di gemme era uscita da millenni sepolture ad un colpo di picca dell'avventuroso cercatore. Egli aveva scoperto intero e intatto il tesoro di Curium.

La città di Curium sorgeva al sommo di un monte roccioso, sulla costa meridionale dell'isola, alto dai cento metri sul livello del mare. La spianata è oggi coperta da uno spessore di materiali costruttivi rotti ed induriti, che mostrano frammenti di sculture e di fregi architettonici. A centinaia monticelli di ruderi ammucchiati, indicano il luogo ove sorgevano le case, i templi ed i pubblici edifici. Sovra uno di tali monticelli giacevano mezzo interrate parecchie colonne di granito. Il Cesnola le fece sterrare per assicurarne le dimensioni e le trovò posare sopra un pavimento a musaico che, rimosse le colonne, mise a giorno, quanto era largo, in modo da poter rilevarne la pianta di un tempo. Tastando col piede il pavimento avvertì che in un punto rendeva suono di vuoto. Ne ruppe la crosta, dissodò il terreno sottostante e con grande maraviglia riconobbe ad indubbi segni che già un altro esploratore era penetrato sotto il pavimento; ma non un rivale d'oggi o di ieri, non un cercatore di antichità, bensì qualche antichissimo esploratore, che aveva, è da credere, assistito alla rovina del tempio e ne conosceva forse gli occulti meati tra le fondamenta. Si capiva che l'uomo s'era aperto una via nella terra, cercando di giungere a qualche luogo a lui noto. Ma non v'era riuscito: o lavorasse da solo, senza istrumenti, o nell'oscurità avesse perduto l'orientamento, o gli mancasse l'aria, il fatto sta che le traccie dello scavo cessavano ad un tratto, alla profondità di circa due metri dal suolo.

Pensiamo se al primo segno di un precursore, al primo riconoscimento della sua antichità, il Cesnola dovette fremere di curiosità e d'impazienza. E quando il cunicolo gli si chiuse di colpo, ed apparve chiaro che l'ignoto cercatore aveva abbandonato l'impresa, quanti pensieri, quanti misteri gli si affacciarono alla mente! Deliberò tosto di internarsi più oltre nelle viscere della terra. Ma il lavoro gli riusciva arduo e lento. Approfondatosi di altri cinque metri, non trovò nulla che lo incoraggiasse a proseguire. Doveva anch'egli desistere? Lo avrebbe fatto di certo se le traccie lasciate dal precedente esploratore fossero state recenti. Nessuna meraviglia che un ignorato archeologo, avesse tentato di interrogare a fondo quelle rovine. Ma l'antichità non conosceva archeologi. L'uomo che a rischio della vita era penetrato in quelle latebre, doveva obbedire non ad una generica, ma ad una consapevole e determinata curiosità. Egli doveva o conoscere di certa scienza, od argomentare con plausibile ragioni, l'esistenza di qualche locale sotterraneo, contenente forse qualche prezioso deposito. Forse nel crollo dell'edifizio s'era otturato l'imbocco del cunicolo conducente a quella cripta, forse le macerie ammucchiate, i grossi massi difficili a rimovere, lo avevano persuaso di raggiungere il cunicolo per altra via fra materiali di minore resistenza. Era anche possibile che lo scavo si fosse tentato quando ancora il tempio rendeva intatto il suo culto alla divinità. Curio è vantata colonia argiva. Ma tradizioni remotissime, la vogliono fondata da quel Cinyra, che presso gli annalisti greci personifica la razza fenicia. Quando sul cominciare del quinto secolo innanzi Cristo, le principali città greche dell'isola sorsero contro Dario, il re di Curio, Stesenore, tradì la causa nazionale, e si alleò ai re fenici ed all'esercito persiano. È lecito supporre che nell'imminenza della guerra, o Stesenore stesso, od i sacerdoti , avessero scavato delle cripte nella roccia viva, e vi avessero nascosto quanto il tempio conteneva di più prezioso. L'ignoto cercatore sarà egli stato, un ufficiale del re, od un sacerdote? Mille romanzesche ipotesi travagliavano la mente del Cesnola, oramai avvezzo alle sorprese di quella terra fortunosa. Cedere ad una prima disdetta era demeritare dalla fortuna. Bisognava strappare alle tenebre il loro secreto, e pervenire ad ogni costo, oltre la crosta terrosa fino alla roccia viva.

Finalmente a otto metri dal pavimento, gli scavatori imboccarono uno stretto passaggio che li condusse ad una porta chiusa da una sottile lastra di pietra. Rimosso l'ostacolo, riuscirono in una piccola stanza piena fino alla volta del terriccio filtrato per le fenditure del monte. Seguivano tre altre simili grotte, similmente ripiene. Allo sgombero del territorio, occorse oltre un mese di febbrile ed irritante lavoro. Usavano, per ragioni di prudenza, lasciare a fior di terra uno spessore di mezzo metro all'incirca, che era poi rimosso con meticolosa cautela, sapendosi per lunga esperienza che gli oggetti preziosi giacevano sul fondo. Un giorno il Cesnola tastando con un regolo quell'infimo strato, venne ad urtare in un corpo duro. Era un braccialetto d'oro. Le sue fantasiose previsioni si trovavano avverate. Egli aveva posto mano sul tesoro sotterraneo indisturbato custode, per tanti secoli, delle offerte votive e delle domestiche ricchezze che i privati confidavano al santuario, innanzi di movere alla guerra o di salpare per lunghe navigazioni.

La storia non ricorda altra raccolta di gioielli e di oggetti preziosi pareggiabile al tesoro di Curium. Braccialetti d'oro massiccio, anelli, orecchini, amuleti, fiale, spilloni, spille, collane d'ogni forma e di raro lavoro. Cristalli di roccia, cornaline, onici, agate, tutte le varietà delle pietre preziose, e ancora figurine di cotto, vasi d'argilla, lampade, tripodi, candelabri, armi, vasellami d'argento, coprivano da oltre venti secoli, il suolo di quei plutonici saccelli.

Oltre la quarta stanza, si apriva un cunicolo simile a quello che immetteva nella prima. Se non che la volta rocciosa, andava in breve abbassandosi, così da doverlo percorrere carponi. Vi penetrarono muniti di candele il Cesnola ed il capo degli scavatori strisciando fra le anguste pareti e ne ritrassero sette caldaie di bronzo, ultima presa. L'aria venne ben presto a mancare, le candele si spensero, un calore soffocante mozzava il respiro, gli esploratori dovettero rinculare senza toccarne il fondo.

Il Cesnola si partì di Cipro, per non tornarvi, la primavera del 1876. Il suo nome apparteneva ormai alla storia, nè gli era lecito sperare maggiori venture. I musei d'Europa, si disputarono il tesoro di Curium, come già i cimelii di Dali e di Golgos. Ma ognuno voleva far la sua cernita ed al Cesnola premeva che la raccolta durasse intera. Era interesse della scienza che non ne andasse dispersa l'unità, era legittimo desiderio dello scopritore che unita attestasse il suo nome. Intervenne una seconda volta il Metropolitan Museum di New-York che l'acquistò al prezzo di sessantaquattromila dollari, impegnandosi a raccogliere insieme colla prima in apposite sale intitolate al Cesnola, cui venne affidata la Direzione del Museo.

Da quel giorno il nostro concittadino, vive in New-York, dove ampliò, arricchì ed ordinò il Metropolitan Museum così da farne uno dei primissimi del mondo. Le maggiori accademie scientifiche d'Europa, fecero a gara a quale più l'onorasse; gl'Italiani residenti nell'Unione ricorrono a lui quale a patrono. Egli vive in serena e studiosa operosità, grato alla nuova patria, pieno il cuore di vivissimo affetto per la nativa. Il suo maggior desiderio è di rivedere ancora una volta, gli amici d'Italia, e le dolci pendici del canavese. Contava di venirci l'anno passato per l'Esposizione di Torino, ma la guerra di Cuba lo trattenne, antico soldato, in New-York. Ben torni il prode uomo alla sua terra. La vita ch'egli condusse in America, l'esempio della sua rettitudine, della sua attività instancabile, del suo indomabile coraggio, la prova dell'elettissimo ingegno, giovarono al prestigio del nome italiano negli Stati Uniti, assai più che un trattato d'amicizia, o non so quale altra diplomatica fatica. Tutta la sua vita e l'ingegno e la tempra dell'animo hanno un nobile geniale carattere di italianità, esprimono accoppiata ad una energia insuperabile, quella grazia latina che sembra, rendere agevoli le più ardue imprese. Egli fu caro alla fortuna, perchè degno in tutto e sempre di conseguirne i favori.